橙《だいだい》に仇花は染まる

神奈木 智

幻冬舎ルチル文庫

CONTENTS

✦目次✦

橙に仇花は染まる

✦カバーデザイン＝吉野知栄（CoCo.Design）
✦ブックデザイン＝まるか工房

イラスト・穂波ゆきね✦

橙に仇花は染まる

この世には、在《あ》ってはならない、というものがある。

自然の摂理を歪《ゆが》めた禍々《まがまが》しいそれらは、得てして稀有《けう》な美を纏《まと》っているようだ。

紛《まが》い物の美しさで人を惑わし、狂わせ、時には破滅へ追いやってしまう。そうやって、人の幸を養分にますます美しさに磨きをかけていく。

恐ろしい、と身震いが出た。

性質《たち》の悪いことに、魔に属するものは誰の目にも明らかなわけではない。

大概の者は見かけに騙《だま》され、あるいは魅《み》せられ、進んでその腕に堕《お》ちようとする。それほどに理性を奪い、欲望のみを育て、思うが儘《まま》に崇拝者を支配しようとする存在なのだ。抗《あらが》う力が残っている間に、何とか手を打たねば大変なことになる。

だから――と、手にした手鏡を見つめながら考えた。

数百年の時を経て、多くの人間を虜《とりこ》にしてきた漆器の鏡。裏面には沈金《ちんきん》の技法で艶《あで》やかな桜と月が描かれ、恐らくは貴族の姫君の嫁入り道具として生まれたものだろう。

「性懲《しょうこ》りもなく……『百目鬼堂《どうめきどう》』の若造め」

知らず、口から悪態が零《こぼ》れ出た。

忌々《いまいま》しい、と瞳《ひとみ》が歪み、手鏡を持つ手が次第に震える。こみ上げる苦い思いは、積年の鬱《うっ》憤《ぷん》を孕《はら》んですでに御《ぎょ》し難《がた》くなっていた。

「さてと、首尾は上々。お申し付けの通りに、正真正銘、本物の手鏡にございましょう」

暗がりに控えていた者から、催促のように声がかかった。

ハッと我に返り、傍《かたわ》らに用意しておいた絹の袱紗《ふくさ》を摑《つか》んで座敷の隅へ放《ほう》り投げる。包んだ紙幣の重みに畳の上で鈍い音がし、声の主《ぬし》がほくそ笑む気配がした。

「これはこれは。苦労した甲斐《かい》がございました。それでは遠慮なく」

「蔵から盗んだ五つの品、どれ一つとして『百目鬼堂』の手には戻さない。世間にばら蒔《ま》いて災いを振り撒《ま》き、先祖の顔に泥を塗るがいい――そう思っていたのに、何ともしぶといことだよ。当代の主は若いくせに、どうも悪運が強いようだ」

「これは、私の独り言でございますが」

声の主は、若干冷やかしの響きを含んで呟《つぶや》いた。

「憎い、恐ろしいと仰《おっしゃ》りながら、何ゆえに世間へ放ちなさる。今、この場で割ってしまえばそれで済むではないですか。いや手鏡に限らず、これまでの品全《すべ》てがそうです。いずれも結果的に形は失いましたが、どうにも不思議な振る舞いでありますな」

「だから、言っただろうに。世間に災いを振り撒くためだよ」

「はて」

「それを『百目鬼堂』の若造がいちいち取り戻し、あまつさえ破壊してしまった。本人の本意ではなさそうだが、奴《やつ》の先祖が誰も成し得なかったことだ。まったく悪運の強い男だ」

「悪運……でございますか」

ますます愉快そうに、声の主が尋ね返す。

しゃべり過ぎたかと一瞬ひやりとしたが、しかしここまで内情に嚙《か》ませたからには中途半端な隠し立ては無意味だろう。

「ああ、そうだよ。悪運だ。しかも、あいつにはまだ六つ目の宝が残されている」

「六つ……?」

訝《いぶか》しげに反芻《はんすう》し、続いて相手はこう言った。

「それは、おかしなことを仰いますな。『百目鬼堂』の蔵から手前が盗み出したのは、間違いなく五つの骨董品《こっとうひん》にございます。青白磁の鉢、梅文様の花瓶、漆《うるし》の文箱《ふばこ》、沈金細工の手鏡、そうして今一つは何処《どこ》へ流れたか未《いま》だ行方《ゆくえ》知れずの赤楽茶碗……違いましたかな」

「確かに、骨董は五つだ。だが、『百目鬼堂』の主は得難い六つ目の宝を手に入れた。五つの品に勝《まさ》るとも劣らない、魔を秘めた人を狂わせる宝だよ。最後には、あれを何とかしないといけないだろうね。『百目鬼堂』の血筋からは、全てを取り上げると決めたんだから」

「ほほう?」

「六つ目の品は、人間だよ。この世に在ってはならない、綺麗《きれい》な紛い物だ」

「………」

「何とかしないと、いけないねぇ」

もう一度口の中でくり返し、色街では名の通った男花魁《おいらん》の顔を思い浮かべる。

先祖代々、曰《いわ》くつきの骨董を引き取り、蔵に納めて保持してきた『百目鬼堂』。その現当主が、よりにもよってもっとも厄介《やっかい》な宝を手に入れた。普通の恋人ならいざ知らず、相手は色街でも異色の存在、男花魁だという。

何を血迷ったのか、と初めに耳にした時は呆《あき》れた。だが、男花魁という存在はよくよく聞けばいかにも『百目鬼堂』好みではある。

姿形は美しく、妖《あや》しい魅力で人を誑《たぶら》かす現代の物《もの》の怪《け》。色街にしか咲かない仇花《あだばな》は、まさしく「人を狂わせる」役目を担っていた。そこに惹《ひ》かれて手をつけたのは、『百目鬼堂』の血がそうさせたに違いない。あの一族は、破滅に導くものが好きなのだ。

「人間……でございますか」

興味深そうに、声の主が笑みを漏らした。

「それは、扱いが難しい。色街の傾城《けいせい》ともなれば、盗むは容易でありません。まして今までの定石《じょうせき》どおりにいけば、『百目鬼堂』の若旦那は盗品を取り戻そうとした挙句《あげく》、今一歩のところでそれらを永遠に失っておいでだ」

「そう。元通りには取り戻せない。それが、あの男の定石だね」

「……………」

何を考えている、とこちらを窺《うかが》う視線を感じる。

しかし、まだ答えを口にするには時期尚早《しょうそう》だった。いずれは力を借りることになるが、盗むとなれば物言わぬ骨董とはわけが違う。事は慎重に運ばねばならないし、迂闊《うかつ》な動きを取れば藪蛇《やぶへび》になりかねない。相手が言う通り、遊郭という水槽で泳いでいる金魚を掬《すく》うのはかなり骨の折れる仕事になるだろう。

「だが、まぁ近々だよ」

楽しみにしておいで、と暗《あん》に含めて呟くと、相手もしつこく食い下がってはこなかった。

さて、と嘆息して話を戻し、改めて手鏡を繁々《しげしげ》と眺める。

これは、唯一定石を破って『百目鬼堂』の手に無傷で返った品だった。相当に業《ごう》が深いだろうし、次の持ち主をどんな運命へ誘《いざな》うかわかったものではない。

どうしようかね、と考えた。

いつまでも手元に置いていては、こちらが取り込まれないとも限らない。

「ああ、そうだ。良い考えがある」

思わずポンと膝《ひざ》を打ち、たちまち上機嫌となって暗がりの男へ声をかけた。

「おまえ、悪いがもうひと働きしてくれるかい？」

「是非もございません」

「なぁに。どうせなら、紛い物の泳ぐ水槽へ放してみるのも一興だろう」

言わんとする意図を正確に汲《く》み取ったのか、相手は畏《かしこ》まって口を閉ざしたままだ。

先々の楽しみが増えたと嬉《うれ》しくなり、新たな金を包んで渡してやった。ついでに手鏡を渡す際に「今度こそ『百目鬼堂』に戻るんじゃないよ」と心に念じる。二度も危ない橋を渡ったからには、それなりの働きをしてくれないとこちらの気が済まなかった。

「悪運の強い『百目鬼堂』……か」

もしも若い主が六つ目の宝を取り戻そうとしたら、はたしてどうなるのだろう。

定石通りに、目の前で失うことになるのだろうか。

見物《みもの》だね、と心が躍った。二人がどんな顛末《てんまつ》を迎えるのか、最後まで見届ける価値はありそうだ。彼らはこちらの思惑《おもわく》に気づくこともなく、運命に転がされていくだろう。

暗がりで、こそりと影が動く。

気がつけば、座敷の気配は自分一人きりになっていた。

色街には月に一、二度、「紋日《もんび》」と呼ばれる祝い日がある。

期日は毎年廓《くるわ》の楼主たちの会合で決められ、その日の揚げ代は倍額、客がつかなければ遊女が自腹で負担しなくてはならない独特の仕組みだ。馴染《なじ》み客は男を上げる機会でもあり、廓にとっては効率よく儲《もう》ける絶好の場でもあった。

「つまり、紋日にどれだけ馴染み客が集まって金を落とすかで、その娼妓《しょうぎ》の人気も計れるってもんなのよ。皆、気張って贔屓《ひいき》の妓《こ》にいい恰好《かっこう》をしようとするからねぇ」

「ふん。前から思ってたけど、廓ってのは酔狂な連中ばかりだな。何で、わざわざ金がかかる日にいそいそ通ってくるんだ？　揚げ代以外にもご祝儀だの遊女の衣装代だの、すげぇ額を払わなきゃなんねぇんだろ？」

「バカだねぇ。それが〝男の面目〟ってやつなのよ。わかんない？」

希里《きさと》の漏らした呟きに、白玉《しらたま》という名前の遊女は紅を引いた口を大きく開けて笑う。大雑把《おおざっぱ》な彼女は緋襦袢《ひじゅばん》に木綿の打ち掛けをだらりと羽織るだけで過ごすことも多いが、紋日の今日はさすがに小綺麗な紅縮緬《べにちりめん》に変わっていた。

「男の面目……」

それは、遊女に対する見栄ということだろうか。

自分も一応男だが、希里にはその辺の心理がさっぱり理解できなかった。同じ女を抱くのなら、揚げ代が安い方がいいに決まっているではないか。ますます小難しい顔になるのを見て、白玉はおやおやと冷やかすようにねめつけた。

「あんた、まだ十四だっけ？　半年前まで田舎《いなか》で畑仕事してた子どもに、廓の駆け引きなんかピンとこないわよねぇ」

「知ってらぁ。駆け引きってのは、佳雨《かう》がよく客にやってるヤツだろ。肝心なことは何も言わねぇで、勿体《もったい》ぶった言い回ししてさ。へっ、気取りやがって」

「……あらまぁ」

今度は少し呆れたように肩をすくめ、彼女は吹かしていた煙草《たばこ》を灰皿で揉《も》み消す。

今日は十月初めの亥《い》の日、紋日とあって昼見世《ひるみせ》から引っ切りなしに人が出入りする中、お茶をひいていた白玉は禿《かむろ》の希里を捕まえて座敷で雑談の相手をさせているのだった。

「佳雨ちゃんが面倒みてるとは、到底思えない言い草だね。あんたの前に引込《ひっこ》み新造《しんぞ》だった梓《あずさ》ちゃんなんか、すぐに廓の道理を呑《の》み込んだもんだよ。希里ちゃん、あんただって間もなく禿から新造だろ。そんな色気のないことで、大丈夫なのかしら」

「梓と俺は違う。あいつは、佳雨の言うことなら何だって聞くんだ」

「じゃあ、あんたは違うの？」

「……違う」

ぶすっとむくれて答えると、白玉は「へぇぇ」と目を丸くする。

「驚いたね。噂《うわさ》には聞いていたけど、本当に強情な子だよ。こりゃ、佳雨ちゃんも大変だ」

「う、噂って何だよ。畜生、陰口なんか卑怯《ひきょう》だぞ」

「それだけ生意気な口をきいてれば、何も言われない方がおかしいわよぅ」

「…………」

確かに、心当たりはいろいろあるので反論はできなかった。何しろ色街でも三本の指に入る大見世《おおみせ》『翠雨楼《すいうろう》』へ買われてきたその日、いきなり楼主の嘉一郎《かいちろう》を怒らせて布団部屋に押し込まれたほどだ。その理由も、佳雨を「陰間《かげま》野郎」と罵《ののし》って指を噛んだせいだった。

あれから半年が過ぎたが、到底「廓の水に馴染んだ」とは思えない。

「自分でそう思いたいだけじゃないの？　あんた、案外けろっとしてるじゃない」

「俺が？」

希里の愚痴めいた言葉に、白玉はさばさばと答えた。

「あたしらが男と寝てるとこ、見たり聞いたりしても顔色一つ変えないしさ。ここへ来た禿は、最初はみんな怯《おび》えるもんよ。ま、あの子らはおぼこなんだし無理もないけどねぇ。男と女のまぐわってる図なんざ、傍《はた》から見りゃ気味悪いだろうしね」

「そんなのは……別に……」

「ほら、やっぱり。あんたのそういうとこ、佳雨ちゃんと似てるよ」

「え……」

思いがけないことを言われ、鶫《つぐみ》のように真っ黒な目を驚きに瞬《しばたた》かせる。希里にとって、佳雨は世話になっている兄さん分のみならず、自分が将来なるべき姿のお手本とでも言うべき人物だった。だが、心の奥底で男花魁になることへの抵抗が拭《ぬぐ》えないため、どうしても素直に懐《なつ》くことができない。可愛《かわい》げのない性分なのは承知しているが、どうしてもどこか構えてしまう相手なのだ。

「俺が……佳雨に似てる……？」

「あの子、廓育ちのせいか男女の色事《いろごと》にはすっかり慣れっこなのよね。そのくせ、客の好みに合わせてちゃあんと恥じらってみせたりして。あれは、雪紅姐《せっこうねえ》さん譲りの手管《てくだ》だね。だから、希里ちゃんもその辺をきっちり教われば売れっ妓《こ》になれるわよ」

「よしてくれよ」

語気を強めて否定し、佳雨の面影《おもかげ》を脳裏から追い払う。会話の間にも薄い壁の向こうからは睦言《むつごと》の艶《なま》めかしい声が漏れ聞こえ、時に卑猥《ひわい》な振動が響いてきていた。希里は嫌悪に顔をしかめ、思わずムキになる。

「俺は、佳雨みたいにはならない。なってたまるか」

「そんなこと言ったって、あんたが男花魁にならなきゃどうやって親の借金返すのさ」

「男に身体《からだ》は売っても、心まで渡したりしねぇよ」

「あら……それって、もしや『百目鬼堂』の若旦那のこと言ってんの？」

「…………」

「あんた、まさか佳雨ちゃんの前でそんなこと言ったりしてやしないでしょうね」

それまで朗《ほが》らかだった彼女の顔に、初めて咎《とが》めるような表情が浮かんだ。白玉は佳雨の実姉で色街の伝説的花魁『雪紅』に心酔しており、佳雨が男花魁になる前から仲がいい。

「どうなの。変に水を差すようなことしたら、承知しないよ」

「バカにすんな。俺だって、そこまで野暮《やぼ》じゃねぇや」

「ふぅん？　だったら、いいけどさ」

「…………」

「そりゃあ、あんたの気持ちはわかるよ。あたしだって、あの佳雨ちゃんが間夫《まぶ》を作った、しかも相手は『百目鬼堂』の若旦那だって知った時には驚いたもん。いくら男相手に商売してるからって、まさか本気で惚《ほ》れるなんてさぁ」

白玉はしゃべりながら、客から貰《もら》った革の煙草入れから新しい一本を取り出した。佳雨は古風に煙管《キセル》を愛用しているが、世間ではもっぱら紙巻き煙草が主流になっている。彼女は手慣れた素振《そぶ》りでマッチを擦《す》ると、火をつけて深々と煙を吐き出した。

「あたしは、雪紅姐さんが『翠雨楼』で看板だった頃からここにいるからね。佳雨ちゃんは姐さんそっくりで昔から綺麗な子だったけど、どっか冷めたところがあってさ。愛だ恋だって浮かれた感情とは無縁の、ずいぶんさばけた性格していたよ」

「佳雨が……？」

「ま、五歳から色街にいるんじゃ無理もないけど。だから、相手が男だろうが女だろうが、あの子が誰かに入れ込むってこと自体、びっくりなのよねぇ」

「…………」

何と答えていいのかわからず、場繋《ばつな》ぎに煙の行方を目で追ってみる。

希里の知る限り、佳雨は恋愛に無縁どころかどっぷりと身を浸しているように見えた。もちろん、恋しい相手が馴染み客の一人である以上、真っ当な恋路を歩めるとは思っていないようだが、その言動にはさばけたところや投げやりさは微塵《みじん》もない。心に秘めた想《おも》いを、大事に大事に守っている。

でも――と、不意に希里は頼りない心もちになった。

心が恋に傾けば、それだけ日々は辛《つら》くなる。操《みさお》を立てることも叶《かな》わない身だし、逢瀬《おうせ》さえ儘ならない。現にこれまでにも様々な波風が佳雨を襲い、そのたびに希里は気を揉んできた。あんな立場に自分が立たされるなんて、怖くてとてもできそうもない。

「希里ちゃんには、まだわかんないだけよ」

おずおずと惑いを吐露する希里に、白玉は煙草をくゆらせながら微笑《ほほえ》んだ。

「ま、今はそれでいいんじゃない。どうせ、あんたに他の道は残ってないんだから。借金がなくならないうちは、ここで身体を売って稼ぐしかないんだしさ」

「……わかってる」

「まさか、男と寝たら自分も佳雨ちゃんみたいに惚れるんじゃないかって、そんなこと心配してんの？　だったら、安心しなさいよ。男だ女だって騒ぐ以前に、あんな風に身も心も焦がせるような相手はそうそう見つかるもんじゃないから」

あっさり断言されたが、その言葉には大きな説得力があった。確かに、佳雨が恋人へ見せる顔は他の誰に対する時とも違う。それだけ、特別な存在なのだというのがわかる。

「そもそも、若旦那自身がちょいと変わったお人だからね。好事家《こうずか》というか酔狂というか、あれだけ女泣かせな風貌《ふうぼう》しておいて何も男に……って思うじゃない？　おまけに、身請けしてやる素振りもないしさ。あたしは、そこが一番引っかかる。金がないわけじゃなし、やっぱり男花魁の請け出しなんて、体裁が悪いのかねぇ」

「うん……」

そのことについては、以前『百目鬼堂』の若旦那——百目鬼久弥《ひさや》から、直接理由を聞いていた。佳雨と久弥の間では、すでに答えの出ている問題だと。男花魁として矜持《きょうじ》を持って生きようとする佳雨には、己《おのれ》の力で苦界《くがい》を脱《ぬ》け出すことが重要なのだと言っていた。

正直、その理屈は希里にとって完全には理解し難い。だが、当事者たちの問題を外からあだこうだと言っても詮《せん》ないことだろう。まだ子どもでも、それくらいの気は回る。

「白玉！　紋日にどこでサボってやがる！」

「いけない、お父さんだ。希里ちゃん、あんたももう行きな」

階下から楼主の嘉一郎が、不機嫌に呼ぶ声がした。紅殻格子《ベンガラごうし》の水槽に、金魚が足りなくなったのだろう。白玉は小さな鏡台を覗《のぞ》いて髪の乱れをちょいちょいと直すと「はぁい、今すぐ」と声を張り上げた。

「さて、あたしも巻き返さなきゃ。夜見世《よみせ》までに、二人は回したいとこだわね」

逞《たくま》しい言葉を吐き、彼女は煙草の火を消した。


軒先の雪洞《ぼんぼり》たちが、色づく紅葉《もみじ》のように次々と赤く灯《とも》る。

空はだいぶん陽《ひ》が落ち始め、紋日の盛り上がりも最高潮に達しようとしていた。

「さぁさぁ、遠慮はいりません。どうぞ、ずずいと前の方へ。いずれ劣らぬ美女たちから、今宵《こよい》の夢のお供をお選びくださいまし。当方自慢の花たちが、旦那様方を天国へとお連れいたします。さぁさぁ、美味なのは見た目だけじゃございませんよ」

妓楼《ぎろう》の前では妓夫《ぎゆう》が立て板に水で口上を述べ、通りすがりの男たちの袖《そで》を引き、何とか見世の中へ引っ張り込もうとあの手この手で誘惑する。昼見世に比べると籬《まがき》の遊女もぐっと数が増え、目に艶やかな女たちが流し目をくれ、しなを作って指名を待っていた。

大小様々な廓がひしめきあう、色街の中央通り。黒塗りの大門《おおもん》を潜《くぐ》れば、そこは浮世を忘れるための淫靡《いんび》な別世界が待っている。

艶《つや》めいた三味《しゃみ》や太鼓の音、座敷の嬌声《きょうせい》に紛れて響く物売りのラッパの音色《ねいろ》。秋の夜風に流れてくるのは、風刺の効いた流行《はや》り歌だ。

「さぁさぁ、旦那様方。これだけ美女が咲き乱れております前を、素通りなんて野暮な真似《まね》はよしましょう。足を止めて一分お時間を頂戴《ちょうだい》すれば、必ずやお好みが見つかります。うちの妓は器量が良いだけじゃないよ。肌はしっとり、声はまろやか。おまけに床上手《とこじょうず》ときたもんだ。さぁさぁ、ご覧になってくださいな。まだまだ、いいのがたくさんおります……」

紅葉は盛りを迎え、心地好《ここちよ》い気候が人々を一層浮かれさせる。

粋《いき》なご婦人を連れた紳士が通りをそぞろ歩き、あるいは男ばかり四、五人の集団が声高《こわだか》に色談義を戦わせ、色街の宵はますます喧騒《けんそう》の只中《ただなか》に巻き込まれていった。

そうして、また。

和洋折衷の無国籍な佇《たたず》まいを見せる大見世『翠雨楼』内も、表の騒がしさに負けず劣らず活気に満ち溢《あふ》れていた。早足で膳《ぜん》を運ぶ下女、愛敬を振りまき客を案内する喜助《きすけ》などは言うに及ばず、酔客と絡まり合って座敷へ向かう遊女の笑い声がけたたましく響き渡る。

そんな中を、すいすいと泳ぐようにかわして進んでいく一人の花魁の姿があった。磨かれた廊下をまるで滑るように進んでいくと、周囲の者はつい目で追ってしまう。

姿勢の美しさ、足運びの切れの良さ、そんなところも人目を惹くが、何と言ってもパッと目につくのは短い黒髪だ。不揃《ふぞろ》いな毛先はさらさらと耳にかかり、いかにも手触りが良さそうだったが、その下が花魁衣装とくれば少々珍しい出《い》で立《た》ちではある。通常、遊女は長く伸ばした髪を油で固めて結《ゆ》い上げるものだ。

「ああ、まったく。間《ま》が悪いったらありはしない。よりによって、お二人が重なるなんて」

口の中で小さく毒づく声に、後ろから三味線を抱えて付いて来た希里が言った。

「だって、今日は紋日だろ。男の面目ってヤツが立つんだろ」

「おや、それは誰の受け売りだい？」

足は止めずに目線だけ肩越しに流し、揶揄《やゆ》するように唇の端を上げる。たったそれだけの仕草なのにぞくりと色香が漂い、怖いくらい整った顔立ちに悪戯《いたずら》な表情が浮かんだ。

「希里、おまえは話に情緒がなさすぎる。もう十四だろ。そろそろ、湿り気が出てもいい年じゃないか。そんなんじゃ、いつまでも新造にはなれやしないよ」

「なりたかないや、そんなもん。けど……」

「けど？」

「俺が佳雨より売れっ妓になったら、おまえの部屋は俺にくれる約束だもんな」

「また、その話か」

佳雨は苦笑いをし、再び希里に背中を向けた。

「まったく、口ばかり達者な子どもだよ」

皮肉る言葉にも、面倒をみている禿への愛情が滲《にじ》んでいる。しかし、雑談しながらの移動は少々苦しくなってきた。二階の廊下を端から端まで急いだせいか、さすがに息が上がってくる。増築を重ねた建物は迷路のように入り組んでおり、無駄に遠回りをする作りになっているのだ。突き当たりを何度曲がり、渡り廊下をどれだけ歩いたかわからなくなった頃、ようやく目当ての座敷まで到着することができた。

「――希里」

障子の前で正座をし、そっと小声で合図をする。希里はもたもたと不器用に座ると、佳雨が半襟《はんえり》にすらりと指を滑らせて息を整えるのを待ってから大きく口を開いた。

「若旦那、お待たせしました。佳雨花魁です」

「こら」

めっと目の端で睨《にら》んでから、佳雨が呆れたように囁《ささや》く。

「相変わらずの棒読みだね、おまえは」

「だって、相手は『百目鬼堂』の若旦那だろ。今更すぎて、こんなんくすぐったいや」

「わかってないね。たまの仕切り直しが、案外効くんだよ」

ふふんと不敵に笑んでみせ、佳雨は内緒話から一転、表情を引き締める。凜《りん》と背筋を伸ばし、前の座敷での一切を払い落とすと、胸の内の緊張を押し隠して障子を開いた。

「いらっしゃいませ」

「やあ、佳雨。さすがは紋日だ。売れっ妓は辛いな」

「若旦那、お待たせしてすみません」

型通りの挨拶《あいさつ》をしながらも、顔を合わせるなり心臓は動悸《どうき》を速めている。誰より恋しい男であり、己の真《まこと》を全て捧《ささ》げた久弥との逢瀬は実に二週間ぶりのことだった。おまけに、今日は馴染み客が引きも切らずに訪れるので、もう二時間も待たせている。いつもは自分の部屋へ招くのに、こうして離れた座敷で会うことになったのもそのためだ。

「希里、おまえはもう下がっていいよ。他の用事を受けておいで」

三味線を受け取り、佳雨は努めて平静を装いつつ言った。今夜は時間がないので一刻も早く二人きりになりたいが、それをあからさまに出すのは気恥ずかしい。

「間もなく鍋島《なべしま》様もご登楼になる。そうしたら、知らせに来ておくれ」

「わかった」

「あ、ちょっと待った。希里、おまえにはこれをあげよう」

頷《うなず》いて出て行こうとした希里を、久弥がにこやかに呼び止めた。彼は仕立ての良い背広の内ポケットから何やら包みを取り出すと、「ほら」と差し出してみせる。

「さぁ、お取り。美味《うま》いぞ」

「…………」

希里は野良猫のように警戒しながらそろそろと近づいてきたが、すぐには手は出さずに窺う素振りで久弥を見返した。

「何だ、これ?」

「チョコレートビスケットだよ。昼間、取り引き先のご主人からいただいたんだ」

「ちょこれーと……びすけっと……」

外国からの輸入品なのか、包みには横文字が印刷されている。久弥が中から一枚を出してみせると、いかにも高級な菓子らしく透明の袋に入っていた。

「これ、食えんのかよ」

「もちろん。西洋のお菓子なんだ。とても甘いぞ」

「……ふぅん」

満更でもない顔になり、目に好奇心が浮かんでくる。だが、うっかり出しかけた手を止めると、希里はちらりと佳雨の方を見た。

「もしや、佳雨の分を心配しているんだな。大丈夫、ちゃんと別に取ってあるよ。だから、これはおまえが一人で食べていいんだ。さぁ」

尚《なお》もためらっていると、半ば無理やり手の中へ握らされる。これを全部、と思うだけで胸が高鳴り、うっかり礼を言いそびれるところだった。

「いただきます」

希里は大事に包みを懐《ふところ》へしまうと、久弥に向かってぺこりと頭を下げる。これが以前禿を務めていた梓なら「わあ、ありがとうございます」とソツなく笑顔を見せるところだが、このぶっきらぼうさが彼の味なのだろう。

折よく廊下から「誰か」と手伝いを頼む声がする。希里はさっと無愛想な顔に戻ると、佳雨を置いてさっさと座敷から出て行った。

「若旦那、いつも希里にまで良くしてくださって。本当にありがとうございます」

ようやく二人だけとなり、佳雨はお銚子を手にしながら礼を言う。久しぶりの酌を受け、久弥は端整な顔を照れ臭そうにしながら盃《さかずき》をいっきに呷《あお》った。

「よしてくれ、よそよそしい。俺は甘いものより、弓張堂《ゆみはりどう》の塩せんべいの方が好きなんだ。どうせなら、喜んで食ってくれる子にあげるのが菓子も幸せってもんじゃないか。佳雨、おまえも後で食べるといい。イギリスからの輸入品だ。おまえ、少しは英語ができただろう？　包み紙の文字、読めるかい？」

「ええ、あの、留学なさっていた若旦那の前じゃ恥ずかしい程度ですが」

「聞けば、英国人の大使館職員から手ほどきを受けたそうじゃないか。おまえは呑み込みが早いし、きちんと勉強すればすぐに上達するよ」

「上達……」

そんなことは、考えてもみなかった。ただ知らないことを覚えるのは面白いし、カタコトでも話せれば客が喜んでくれると思っただけだ。

（でも……ちゃんと勉強したら、若旦那は喜んでくださるだろうか）

佳雨は、ふと想像を働かせてみる。

諸外国から新しい文化がどんどん流れ込んできている今、外国語が話せるのは大きな武器になるだろう。特に英語なら、きっと仕事にも役に立つに違いない。久弥は骨董商《こっとう》だから、日本の骨董に興味を抱《いだ》いている外国人との取り引きも多いし、もし自分が彼と同じように英語を使いこなせれば側《そば》にいても足手まといにならずに済むかもしれない。

「どうした、佳雨。急に黙り込んで」

「あ、いえ……」

「本気で勉強がしたいなら、おまえに家庭教師をつけてもいいんだぞ。曜日を決めてここへ通わせれば、楼主もダメとは言えないだろう。俺が教えてやれれば一番だが、生憎《あいにく》と決まった日取りに合わせるのは難しいからな」

「そんな、家庭教師なんて勿体ないです。よしてください、本当に」

思いがけない展開に、佳雨は慌てて遠慮すると言い張った。

まったく、久弥は何かにつけて金を使いたがるのが困りものだ。特に、佳雨に関する事柄

には幾らでも出すのを惜しまない。それでなくても花魁の元へ通うのには莫大《ばくだい》な金がかかるのに、まるきり気にも留めていないのが毎回不思議で仕方なかった。

(俺を貸切にしたり、総仕舞《そうじま》いで見世の連中にもご祝儀を振る舞ったり、今までどれだけの金額になったのか考えるのも恐ろしいや。それなのに、いつもケロリとされているし)

佳雨の酌で機嫌よく杯を重ねる久弥には、後ろ暗そうなところは見当たらない。相変わらず育ちの良い優美な佇まいで、色街の女がこぞってコナをかけていたという武勇伝もさもありなん、という若き紳士っぷりだ。遊女に入れあげて身代《しんだい》を潰《つぶ》し、借金を膨らませた挙句に客が無理心中を迫る、なんて図式は嫌というほど見てきたが、そういう切羽詰まり感ももちろんなかった。

(『百目鬼堂』は老舗《しにせ》の立派な骨董商と聞くが、それにしたって……)

無論、久弥に限って人の道を踏み外してなどいない。

その点に、佳雨は欠片《かけら》も疑いなど持っていなかった。それでも、やはり金を使わせているのが己《おの》が身となると余計な心配の一つもしたくなる。

「そうだ。佳雨、そろそろ年末に向けて物入りが続く時期だろう。一年の支払いに正月の衣装、来年には希里の新造出しも控えているんじゃないのか?」

まるで頭の中身を覗いたかのように、久弥が急に金の話を持ち出した。

まさか顔に出ていたのでは、と佳雨は狼狽《うろた》え、一拍返事が遅れてしまう。普段は打てば響く速さで言葉を返しているだけに、僅《わず》かな間は勘ぐる隙《すき》を与えてしまったようだ。久弥は妙に張り切った様子で、景気よくまた盃を空《あ》けた。

「よし、じゃあ二、三日後に一ノ蔵《いちのくら》の人間を来させよう。昨年は気に入った柄《がら》がないと突き返されたが、今年こそおまえに友禅を着てもらうぞ」

「若旦那……」

「はは、困っているな。おまえの弱った顔なんぞ、そうは見られない。これは、ますます引けないな。ここは俺に免じて、遠慮なく甘えてはくれないか？」

「そのことでしたら、俺はもう……」

「借りを返したければ、七年後まで待つよ。おまえの年季が明けて晴れて自由の身になったら、真っ先に恩返しに来てくれ。それに、俺は花魁姿の佳雨も愛《いと》しいと言った。おまえが美しく装うのは、俺の道楽でもあるんだ」

「……あんたは……」

やれやれ、と溜《た》め息《いき》をつき、佳雨はお銚子を膳に戻すとしゃんと居住まいを正した。

「初めてお会いした頃から、ずいぶんと口が上手《うま》くおなりですね。けど、若旦那、俺があんたに返せるものなんて何もないのはご承知でしょう。それでも色街で咲いている限りは、希少な男花魁だ何だとチヤホヤしてくださる方々もいらっしゃるが、大門を一歩出れば俺はただの無学な若造です。恩返しどころか、あんたの荷物になりかねない」

「そうかな」

「そうですよ。自分で認めちまうのは悔しいが、俺は分《ぶん》というものを知っています。愛しいあんたに、返せない恩は受けたくないんです」

「返せない恩……か……」

しみじみと久弥がくり返し、唇に淋《さび》しげな微笑を刻む。

本来、花魁が客から金を巻き上げるのは当たり前、どれだけ貢《みつ》がせるかで器量が計れると言っても過言ではなかった。しかし、佳雨にとって久弥は客ではないし、むしろこちらが大いに引け目を感じている立場だ。他の男に夜な夜な抱かれ、できない我慢を恋人に強《し》いているる心苦しさがある。それだけに頑《かたく》なにもなるし、甘えることも忘れてしまう。

「おいで、佳雨」

言い合いになるのは避けたいのか、久弥は盃を置いて佳雨を手招いた。かつて色街の女が競って取り入ろうとした、女性受けの良い整った顔立ちが困ったように曇っている。

「今夜は、ようやくおまえに会えたんだ。すぐ後には、別の客も待っている。限られた時間なら、できるだけ優しく過ごそうじゃないか。俺の道楽とおまえの誇り、どちらも立てる良い方法だっていずれ見つかるだろう。違うかい？」

「若旦那……」

「それとも、まだ押し問答を続けようか。どちらかが折れる頃には、もう時間切れだぞ」

「いいえ……いいえ……」

　宝物のように肩を抱かれ、その胸に寄りそって顔を埋《うず》めながら、佳雨は何度も頭を振った。可愛げのない、強情な奴だと叱《しか》られても仕方がないのに、久弥はいつでもこちらの気持ちを優先してくれる。その優しさに胸が詰まり、言葉が何も浮かんでこなかった。

「ああ、今日の衣装は菊尽くしだね。薄紅の打ち掛けに白菊と籬、半襟にも銀糸の菊が刺《し》繡《しゅう》されて、とても清楚《せいそ》で艶やかだ。おまえは色が白いから、柔らかな紅色は殊《こと》の外《ほか》映える。俺のために装ってくれたのだと、今夜は自惚《うぬぼ》れるとしようか」

「自惚れなんかじゃ、ありません」

　ゆっくりと目線を上げ、濡《ぬ》れた眼差《まなざ》しで佳雨は訴える。

「着物を選ぶ時、帯を合わせる時、俺はいつだって若旦那のことを考えます。だって、いつおいでになるかわからないじゃないですか。あんたが仇花を愛してくださるうちは、どの花よりも長く目に留めていただきたいんです」

「聞き捨てならないな。その言い分じゃ、俺が目移りしているように聞こえるぞ」

　笑みを含んだ声音《こわね》で言い返し、久弥がそのまま佳雨を抱き上げた。彼は細い見かけより存外筋肉質の鍛えられた肉体をしており、軽々と隣の閨《ねや》まで恋人を運んでいく。横抱きにされた佳雨はしっかりと久弥の首にかじりつき、乱れる鼓動に甘美な目眩《めまい》を感じていた。

　絹でできた緋色の布団は、淫靡な光沢で二人を誑かす。

そうっと寝かされ、久弥の重みを受け止める頃には、恥ずかしいほど身体が疼《うず》いていた。

「久弥……さま……」

「目移りなど、するものか」

熱く湿った吐息が唇を濡らし、漏れる吐息ごと接吻《せっぷん》で塞《ふさ》がれる。すぐに舌が絡められ、幾度も強く吸われて肌が甘く火照《ほて》った。

「んぅ……う……」

重ねた唇から微熱が生まれ、混ざり合う溜め息に溶け込んでいく。

日頃は紳士然とした久弥のどこに、と戸惑うほど、彼の口づけは激しく情熱的だった。

「佳雨……愛している……」

耳から流れ込む囁きに、思わず涙が滲みそうになる。その一言を聞くためだけに、自分は残りの日々を生きているのだ。久弥の想いは指や声音や体温となって、佳雨を恋情の快楽に突き落としていった。

「あ……っ……」

着物の裾《すそ》を割り、愛しい指が触れてくる。

佳雨は震えながら愛撫《あいぶ》に溺《おぼ》れ、久弥の指に張り詰めた自身を委《ゆだ》ねた。

「今日は……このままだな……」

「は……い……すみま……せ……」

すでに先走りの蜜《みつ》に濡れたその場所を、巧みに扱《しご》かれて息が乱れる。本当は一糸纏わぬ肌を重ねたいが、久弥が最後の客でない以上、それはできなかった。着物を脱がず、欲望のみを触れ合って放出させる——そんな忙《せわ》しない行為でも、抱き合えば全てが愛しくなる。佳雨は切れ切れに久弥の名前を呼び、背中に回した手できつく彼を抱き締めた。

「大丈夫……です……どうか、そのまま……」

「佳雨……」

「そのまま貫いて……突いてください、どうか……」

半分は喘《あえ》ぎに消えながら、懸命に欲しいとせがみ続ける。久弥の楔《くさび》で繋がって、彼の情熱を衝撃と律動で感覚に刻みつけたかった。そうでもしないと、きっと離れられなくなる。互いの鼓動が溶け合うように、一つの生き物になりたかった。

「少し待て。さすがに慣らさないと、おまえの身体が……」

「俺は、ちゃんと覚えてます。あんたがしっくりくる、その形を。若旦那のを待ち侘《わ》びて、こうして待っていたんですから」

羞恥《しゅうち》に襲われながらも堪《こら》えが利かず、相手の腰に広げた脚を絡めて押し付ける。きわどい言葉を裏付けるように、触れた肌は十二分に潤っていた。

「ああもう、おまえときたら」

降参だ、と言うように、苦笑を交えて久弥が準備をする。早く抱きたいのは、彼も同じなのだ。限られた時間の短さが、否応《いやおう》もなしに二人を追いたてる。

「佳雨、愛しているよ」

「久弥……さ……ま……」

入口に当たる先端が硬くて、すぐさま奥まで欲しくなる。

佳雨は息を吸いこみ、身体の力を抜いて久弥が挿入しやすいよう心を砕いた。

「好きです……あんただけが、俺の……」

朦朧《もうろう》とする意識の下で、たった一つの真実をくり返し口にする。

やがて久弥が深く腰を埋めていき、内側をゆっくりと搔《か》き回し始めた。敏感な場所を苛《いじ》められ、悦《よろこ》びと快楽に引きずられた佳雨はもう何も考えられない。ただ、この時が永遠に続けばいいと、叶わぬ願いで胸を満たすだけだった――。


届いた手紙の封がじれったくて、いつも端をびりびりに破いてしまう。最初はこんなんじゃなかったのに、と梓は苦笑しつつ、いそいそと文机《ふづくえ》の前に正座した。

紋日の今日はいつもに増して忙しく、日に限られた客しか取らない梓も大事な馴染み客が続いたせいでくたくたになっていた。

それでも深夜まで頑張れたのは、蒼悟《そうご》の便りが届いていたからだ。お務めが終わったら読もうと楽しみに待ち、日付は変わったがようやく自分の部屋へ帰ってくることができた。

「前の手紙から、きっちり一週間だ。蒼悟さん、真面目《まじめ》だな」

一度、彼が体調を崩して便りが途絶えた時、事情を知らなかった梓が拗《す》ねて怒ったことがある。それがよほど堪《こた》えたのか、今はほぼ週に一度の間隔を守ってくれていた。花魁と客どころか逢瀬そのものが叶わない者同士なだけに、こういう小さな約束事が嬉しい。

「蒼悟さん、元気かな」

優しげで生真面目《きまじめ》な、眼鏡《めがね》越しの瞳を思い浮かべて梓は呟いた。

本音を言えば、たとえ手紙でも他の男に抱かれた後で手に取るのは気が引ける。

けれど、梓はもう腹を据えていた。誰に憚《はばか》ることなく大門を出ていける日まで、自分は苦界を生き抜いてみせると。男に抱かれるのが生きていく手段なら、俯《うつむ》いて卑屈になるのだけは嫌だ。それが、新造時代に佳雨から教わった一番大事なことだった。

「そりゃあ、他人様に胸を張って言える仕事じゃないけど……」

これは、矜持ではなく単なる見栄かもしれない。惨めな自分を認めたくなくて、現実を見ないようにしていると言われれば返す言葉がなかった。でも、どうせ生きるなら前を向いていた方がいい。それだけは間違いない。

「だから、蒼悟さんも頑張ってよね。ヴァイオリンで留学なんて、本当に凄《すご》いことなんだもの。蒼悟さんが立派な音楽家になるために必要なら、僕はちゃんと待てるから」

両手で手紙を持って、まるでそこに蒼悟がいるように話しかける。実際、蒼悟の一目惚れから始まった淡い恋だけに、現実の彼と言葉をかわした回数はさほど多くはなかった。

それなのに、こうしたささやかなやり取りや、たった一度水揚げの夜に肌を重ねた思い出だけで想いは確実に育っていく。梓の心に、蒼悟の存在は確かな居場所を作っていた。

「それじゃあ、と……」

自分を焦《じ》らすのも、そろそろ限界だ。梓は封筒から手紙を取り出すと、几帳面《きちょうめん》に畳まれた白い紙片を緊張しながら開いた。

「〝梓、元気でいるかい？〟……蒼悟さん、いっつも同じ出だしだなぁ」

変わらぬ文面に、くすりと安堵《あんど》の笑みが零れる。蒼悟の性格そのままの端整な字はインクの掠《かす》れや擦《こす》った跡もなく、淡々と、しかし詳細に近況について触れていた。どうやら年末に渡欧が決まったらしく、今からその準備で大わらわらしい。

「でも、もう十月だから……あと三ヶ月もないんだな」

言葉にして呟くと、急に手紙の内容が現実味を帯びてきた。

蒼悟は色街のお座敷でヴァイオリン弾きをしているが、本来はきちんと音楽大学で学んだ下地を持っている。演奏だけでは食べていけないので余興で伴奏したり、他人へ教えたりしながら音楽と繋がってきたが、改めて大学院で学び直そうとした矢先、著名なドイツのヴァイオリニストに演奏会で才能を認められたのだ。

全ての費用は持つという破格の待遇で、彼はドイツへの留学を決めた。そうして、いつか一流の音楽家として認められたら必ず梓を迎えに行くからと、夏の終わりに届いた手紙に書いてあったのだ。初めは動揺し、どうしていいかわからなかったが、結局は梓も蒼悟の言葉を信じて待つことにした。

「え……蒼悟さん、『松葉屋《まつばや》』に来るんだ？」

しんみりした心もちで先を読んでいたら、思いがけない情報が目に飛び込んでくる。回数はめっきり減らしていたが色街のヴァイオリン弾きはたまに続けていたらしく、次の週末に引手茶屋《ひきてぢゃや》の『松葉屋』に呼ばれている、と書いてあった。そうして、その日が色街で演奏する最後の夜になるだろう、と。

「すぐ近くに……蒼悟さんが……」

無論、顔を見ることはできないだろう。梓は夜は廓から出られないし、蒼悟が忍び込んでくるのも不可能だ。週末は客の出入りも多く、深夜まで喜助の見回りも怠りない。この前のようにこっそり金を掴ませて引き入れてもらうのも、ほぼ無理だと思われた。

「蒼悟さん……」

それでも、彼が近くにいるかと思えば胸が温かくなる。

歩いて行ける場所に愛しい人がいる、その事実だけで心強さが全然違う。

「次の週末……土曜日の夜か」

蒼悟がドイツに行ってしまえば、手紙が間遠《まどお》になるのはわかっていた。船便は恐ろしく時間がかかるし、何より遊びに行くのではないからだ。厳しいレッスンや言葉の壁にぶつかり、きっと梓のことどころではなくなるに違いない。

だから、できれば出発前に顔が見たかった。その思いは、蒼悟の手紙にも書いてある。わざわざ『松葉屋』に来るとしたためたのは、もしやという希望を彼が抱いていたからに他ならない。ほんの数分走っていけば会えるのかと思うと、籠《かご》の鳥の我が身が恨めしかった。

「せめて、何か合図でも送れないかな。『松葉屋』の番頭さんに頼んで、伝言を預かってもらうとか。それとも、僕だとすぐわかるような印を残しておこうか」

いつしか手紙をくしゃくしゃに握り締め、梓はあれこれと考えを巡らせる。こんな時、佳雨ならきっと相談に乗ってくれただろう。けれど、楼主の嘉一郎は数少ない男花魁同士が仲良くするのを好まなかった。新造の頃は佳雨と四六時中一緒にいられたのに、水揚げされてからは棟《むね》の離れた部屋に移されてしまい、ろくに顔を合わせることもない。

「佳雨さん、蒼悟さんの留学のこと知ったら心配するだろうな」

実の弟のように可愛がってくれた、情の篤《あつ》い佳雨のことだ。梓以上に胸を痛め、二人の未来を案じてくれるのは目に見えるようだった。

それだけに、尚更「自分は大丈夫」というところを見せねばならない。

蒼悟にも、それから自分自身にも。淋しい顔なんてしていたら、不安にすぐ押し潰されてしまう。今の自分にできるのは、笑って蒼悟を見送ることだけなのだから。

「会いたいな……」

健気《けなげ》な決心とは裏腹に、ぽつりと呟きが零れ落ちる。

再会まで温《ぬく》もりを忘れないように、もう一度だけ蒼悟に抱き締めてほしかった。

喧騒の一夜が終わりを告げ、空が少しずつ白んでいく。

まだお日様が昇るには少しだけ間があったが、佳雨は最後の客を見送るために乱れた衣装を整えているところだった。

最愛の男にも、帯を解くことが許されなかった晩なのに。そう思うと切《せつ》なくはあるが、しかしこれも商売と割り切らなくては生きていけない。居続けで佳雨を独占したのは、一番の上得意の鍋島義重《よししげ》子爵だった。世間では愛妻家で通り、遊びのけじめはきっちりつける相手がこうして遊郭で夜明かしをするのは非常に珍しいことだ。それだけに佳雨は細心の注意を払い、誠心誠意、彼に尽くして夜を明かした。

「鍋島様、洗顔のお支度ができました。今、希里に持ってこさせます」

「ああ、ありがとう。すまないな、結局寝かせてやれなくて」

「紋日の翌日です。今日は昼見世をしらばっくれて、夕方まで昼寝と洒落《しゃれ》こみますよ」

緋襦袢一枚から小菊を散らした単衣《ひとえ》姿になった佳雨へ、同じく身支度を終えた義重が微笑んでみせる。この上品な佇まいを見ては、誰も色街帰りだとは思わないだろう。

「お湯、持ってきました」

「希里か。ご苦労様、入っておいで」

先ほど言いつけておいた通り、お湯の入った檜《ひのき》の桶《おけ》と小さなたらいを持って希里が部屋へ入ってきた。佳雨の指示に従ってたらいに熱湯を注ぎ、差し水で適温になるまで調整する。さすがに眠たそうな様子は隠せなかったが、手順はすっかり慣れたものだった。

「そういえば、昨夜《ゆうべ》は『百目鬼堂』の若主人も顔を出したそうだね」

「え……あ、はい」

あちらも客だし、何も疾《やま》しいことはないのだが、義重の口から久弥の名前が出るとどうにも心臓に悪い。義重は当時十六歳だった佳雨の水揚げをした初めての相手で、肌の具合、体温の潤み加減などから心情を正確に読み取ってしまうのだ。おまけに、久弥とは特別な仲であることもとっくに承知している。

「まぁ、そう気を回すものじゃない」

顔を洗い、佳雨の渡す手拭いで水気を拭《ふ》き取りながら、義重は変わらぬ声で言った。

「実は小耳に挟んだんだが、『百目鬼堂』には今良くない噂《うわさ》が出ているそうだよ」

「噂……ですか？」

「ああ。大方、羽振りの良さを嫉《ねた》んだ誰かがデマを吹聴《ふいちょう》したんだろう。佳雨、おまえの間夫だという話も広まっているし、袖にされたと逆恨みしている者の仕業《しわざ》とも考えられるが」

「そんな無粋な客は、俺のお馴染みにはいやしませんよ」

からかうような言葉に、佳雨は艶然《えんぜん》と言い返す。娼妓が間夫を持つのは普通によくあることで、いちいち嫉妬《しっと》で目くじらをたてていては色街の客は務まらない。

しかし、『噂』というのは気になった。

万が一にも、己の存在のせいで久弥が世間から後ろ指を指されるなんて、決してあってはならないからだ。そんなことが現実に起きたら、さすがに恋を貫く覚悟にもひびが入る。

「つまらぬ風聞には、惑わされないというところかな」

義重は佳雨が動じないことに笑みを漏らし、今度は一転、力づけるようなことを言った。

「老舗の大店《おおだな》の若旦那が、贔屓の花魁の元へ通う。そんなのは『噂』の種にもなりはしないよ。第一、あの青年はまだ独身だ。妻子をないがしろに、なんてこともない」

「鍋島様……」

「すまないね、さっきのは冗談だ。だが、『百目鬼堂』の噂は本当だよ。昨夜は、何も気づかなかったのかね。だとすれば、あの若造もなかなかのしたたか者だ」

「…………」

はて、昨夜の久弥はどうだっただろう。

背広の上着を着せ掛けながら、佳雨はうっかり物思いにとらわれた。

昨夜は、常連客の登楼が重なって二人で過ごす時間は本当に少なかった。そのせいか互いに愛し合うことに夢中で、気持ちにほとんど余裕はなかったように思う。久弥のいつになく急《せ》くような抱き方も佳雨の側で望んだことでもあり、二週間ぶりの逢瀬がそうさせたのだとまったく気に留めなかった。

（しまったな。俺は、何て愚かなんだろう。久しぶりだからこそ、若旦那の些細《ささい》な変化にも気づいてさしあげなきゃならなかった。自分が愛されることにばかり夢中で、ちっとも気が回ってやしなかったんだ）

何か深刻な事態が発生したとしても、きっと久弥は何も言わないだろう。だが、それで済ませてしまうわけにはいかない。自由のない身の上では物の役には立たないが、それでも久弥のために何かしたいのだ。

「――佳雨、おまえは『百目鬼堂』のことをどれだけ知っている？」

「え？」

帽子を右手に取り、振り返り様《ざま》に義重が言った。思いがけない質問に佳雨は狼狽え、すぐには唇が動かない。久弥の継いだ『百目鬼堂』は名のある骨董商で、武家や貴族などとも付

き合いがあるのは知っている。だが、それ以上の詳しいことは知らないも同然だった。

「生憎ですが、俺は何も」

「成る程。恋人の素性を詮索するのは好まない、というところかな。では、代わりに私が教えてやろう。そもそも、おまえは不思議には思わなかったかね。あの若造が年に似合わず金払いが良く、その潤沢《じゅんたく》な財はどこから得ているのかと」

「それは……御商売が上手くいっているからでは……」

口先ではそう答えつつ、お腹《なか》の中では「嘘《うそ》だ」と呟いてしまう。指摘されるまでもなく、以前から不可解には思っていた。いくら老舗と言えど一介の骨董商が、どうしてこうまで金に糸目をつけない遊びができるのかと。

佳雨の動揺を察し、義重は意味ありげに微笑んだ。

「鍋島家は古くから付き合いがあるが、『百目鬼堂』には昔から様々な噂が付き纏っていたそうだ。先代が急逝した直後、あそこの蔵から曰くつきの骨董が五点盗み出されただろう。だが、もともと『百目鬼堂』自体が曰くつきなんだよ。普通の骨董商ではない」

「それは、一体どういう意味でしょうか。もしや若旦那の身にも何か……」

「それはどうかな。私が見たところ、彼には先祖の影が落ちてはいないようだがね。あれは目利きで商売上手だが、幸いにも上手く均衡が保たれているようだ。存外、おまえの存在が功を奏しているのかもしれない」

「よく……仰っていることがわかりません。鍋島様は、何かご存知なのですか？」

いくら相手が振ってきた話題とはいえ、己の間夫について根掘り葉掘り追及するなんて嗜《たしな》みにかなった行動ではない。自重せねばと思うものの、久弥本人には絶対に訊《き》けないことでもあるので、佳雨はあえて踏み込んでみた。

「不躾《ぶしつけ》なのは承知です。ですが、鍋島様の仰るように俺はずっと不思議に思ってきました。もし若旦那のことで『曰く』があるなら、どうか教えてはいただけませんか」

「佳雨、それは本心かね？」

「……はい」

「ふぅむ」

言葉少なに頷くと、義重は繁々とこちらを見つめ返してくる。世の中の最上なもの、美しいものだけを、子爵家の嫡男として生まれ落ちた瞬間から愛《め》でてきた瞳だ。

今、そこには佳雨も棲《す》んでいた。

彼が手塩にかけ、じっくり教育しながら育ててきた稀有《けう》な男花魁は、分不相応の恋に落ちて一層美しくなっている。だが、恋の真贋《しんがん》が明らかになるのはこれからだ。その試練の一端を、佳雨は進んで受け入れようとしている。

「やはり、おまえは面白いな」

義重は満足げに呟き、帽子をゆっくりと被《かぶ》った。

「一つだけ、教えてやろう。『百目鬼堂』は、怪しい輩《やから》と裏でつるんで盗品の売買に手を染めている。詐欺まがいの品を売ったり、田舎の金持ちを騙して宝を二束三文で買い叩《たた》いたり、優男《やさおとこ》の風貌に似合わぬ悪党ぶりだ」

「え……まさか、そんな」

「……という噂が出回っている」

サッと顔色を変えた佳雨に、意地の悪い笑みで彼は続ける。

「出所は私にも不明だ。あまりに言い掛かりが過ぎるので、聞き流す者も多い。だが、世間には何でも真に受ける厄介な連中もいるからね。若造の商売にも、多少の差し障《さわ》りは出てきているらしい。これは、うちへ出入りする他の骨董商から聞いた話だがね」

「ひどいことを……若旦那は、骨董を心底愛していらっしゃいます。そんなのは、少しでもお付き合いがある方はよぅくご承知のはず。それでも、噂は消えないんですか」

「だから、言ったんだよ。嫉みではないかと。私怨《しえん》が混じれば、噂はしつこく再燃する。加えて、本人は飄々《ひょうひょう》と、さして堪えている風でもない。下手《へた》をすれば長引くぞ」

「…………」

「心配なら、言ってやることだ。〝傍目《はため》に気の毒なほど、心労祟《たた》った弱り切った姿で出歩きなさい〟となあ。さんざん痛めつけてやったと思えば、敵も溜飲《りゅういん》を下げるだろう。あの見栄っ張りで我の強い男が、そんな真似など死んでもするはずもないが」

義重がいつもより饒舌《じょうぜつ》なのは、久弥の困っている姿を想像したせいだろうか。それとも、普段は涼しげな顔で何事にもソツのない佳雨が、まともにおろおろと動揺を見せたからかもしれない。愉快そうな笑い声を残し、彼は見送りを断って部屋を出て行った。

「相変わらず、変な親爺《おやじ》だな」

洗面道具の片づけをしながら、希里が呆れたように毒づく。話が終わるまで座敷の隅で正座していたので、会話は全て耳に入っていたようだ。明け方の用事だとうっかり舟を漕《こ》ぐことが多いが、さすがに聞き捨てならないと思ったのだろう。

「佳雨、大丈夫か？　顔色、青いまんまだぞ」

「え……ああ、大丈夫だよ。何、少しばかり狼狽えちまったが、若旦那は賢いお方だ。俺なんかがヤキモキしなくたって、上手く立ち回ってすぐ挽回《ばんかい》なさるさ」

「信用している割に、よくしゃべるな。本当は心配なんだろ」

「……嫌な子だね。そこは見て見ぬ振りをするもんだ」

図星を指されて決まりが悪くなり、こまっしゃくれた顔をねめつける。だが、希里は生意気な口を閉ざし、何やら小難しげに眉根《まゆね》を寄せるとたらいを抱えて立ち上がった。

「ちょっと寝ろよ。夜までもたないぞ。それとも朝飯に何か食うか？」

「希里……」

「…………」

ああ、と佳雨は得心する。

自分の気持ちにばかりかまけていたが、久弥を案じているのは彼も同じなのだ。思えば、希里と久弥は漆の文箱の事件の際、乱心した犯人に一緒に誘拐された仲だった。

「そうだね、せっかくだから朝ご飯にしようか。希里、おまえも食べるだろう？」

「俺は……」

「意地なんか張らなくてもいい。さて、何がいいかな。昨日は働き通しで、こちとらろくに食えなかったんだ。褥《しとね》で腹が鳴りやしないかと、内心ヒヤヒヤしていたのさ」

いつもの調子で茶化《ちゃか》してみせると、やっと希里の目から翳《かげ》が消える。佳雨が笑ったので、つられて安心したようだ。口を開けば可愛げがなくなるが、裏表のない気性は素直な表情によく表れている。このまま真《ま》っ直《す》ぐってわけにはいかないだろうが、世の中の汚いものを見た時、どこまで踏ん張ってくれるだろう、と佳雨は祈るように思った。

「そんじゃ、台所で飯炊きのおばさんに言ってくる。そろそろ、起きて来る時間だろ」

「ああ、頼んだよ。おまえも、何か作っておもらい」

「バカ言うな。禿は冷や飯と相場が決まってら。めざしの一匹でもつきゃ上等だよ」

「おやおや、一丁前の口を利くもんだ」

軽口をやり合って、希里は障子をからりと開ける。

そのまま何かを思うように動きを止め、やがて背中を向けてポツンと呟いた。

「俺、若旦那は嫌いじゃない。誰かに悪口言われているなんて可哀想《かわいそう》だ」

何とか聞き取れるほどの小声で、本音が零れ落ちる。

それから、彼は慌てたように「べっ、別にお菓子をくれたから言ってるわけじゃないからなっ」とわざわざ言い訳をすると、逃げるように部屋を飛び出していった。

「良い子だな……」

一人残った佳雨は、お陰でほんの少し温まった心をそっと抱き締める。不穏な噂も気にはなったが、義重が教えてくれなかったもう一つの話がどうにも気持ちが悪かった。

『百目鬼堂』自体が曰くつきなんだよ。普通の骨董商ではない。

あれは、一体どういう意味だったのだろうか。まさか噂通りに裏の商売をしているとは思わないが、常々引っかかっていた疑問の答えはそこにあるような気がしてならなかった。

(それにしたって、若旦那も水臭いや。昨夜は、とうとう何も仰らなかった)

正直淋しくはあった。だが、それでいいのかもしれない。

久弥は、浮世の憂いを忘れに来てくれたのだ。佳雨の顔を見て、身体と声を重ね、気分をさらにして帰っていった。それで慰めになるのなら、煩《うるさ》く憂い事を蒸し返すような真似はしないのが粋《いき》というものだ。

(若旦那……早く落ち着かれるといいんだが……)

ほう、と溜め息をついた時、障子の向こうで希里の「飯、持ってきたぞ」というぶっきら棒な声が聞こえてきた。

色街に引手茶屋は数多くあれど、『松葉屋』は中でも一、二を争う流行りっぷりだ。一年ほど前、不幸にも遊女と幇間《ほうかん》の無理心中を装った殺人事件が起きたりはしたが、やり手の女将の才覚で何とかかんとか持ち直した。それどころか、以前にも増して客は増えている。

「それがねぇ、何がどう転ぶかわからないものでございますよ」

座敷へ挨拶に来た女将が、ころころと笑いながら上得意の客へ酌をした。今夜の一番大口な予約は、魁星《かいせい》貿易という景気がうなぎ上りの会社社長、三上洋太郎《みかみようたろう》氏だ。四十そこそこで自社を大手企業にのし上げ、飛ぶ鳥を落とす勢いの実業家だった。

「うちの事件、ほら社長さんもご存知でしょう。遊女『夕霧《ゆうぎり》』の無理心中。あれを題材に芝居の台本を書いた先生がいらしてね、まぁ何でもそれが大当たり。小屋には連日、十重二十《とえはた》重《え》の人垣ができたそうなんでございますよ」

「ああ、新聞で劇評を読んだよ。心中鳴り物として、なかなか泣かせるそうじゃないか」

「いえね、あたくしは観《み》ちゃいないんですよ。でも芝居が評判を呼んで色街の『松葉屋』が舞台だってんで、訪れる酔狂なお客様が増えましてね」

「そいつは良かったじゃないか。儲かるなら文句はあるまい」

「そりゃそうですけど。でも、死人を食い物にしてる、なんて陰口叩く輩もおりますから。冗談じゃないよ、こっちが頼んで書いてもらったわけじゃなし、なんてね」

ほほほ、と最後は道化《どうけ》て話を締め、後はよろしくとばかりに芸者や幇間に目配せをする。

最後に三上の隣に座る梓へ視線を移すと、彼女は短く会釈をして去っていった。

「三上様、今夜は何でまた引手茶屋へお越しになったんですか。いつも、僕の部屋へ直接訪ねてくださるのに。何か楽しいお遊びでも、また思いつかれたんですか？」

愛らしい梓の顔立ちによく映える、橙《だいだい》の地に秋の花を大小描いた京友禅の打ち掛け。三上が先日仕立ててくれた衣装が仕上がったので、お目に掛けたいと手紙を書いたのが数日前のことだ。すると、翌日には『松葉屋』で一番上等な座敷に予約が入り、土曜日には会いに行くからと返事が寄越《よこ》された。

「いやいや、おまえの綺麗な姿を外でも見たいと思ってね。梓、思った通りに柄も色もよく似合っているよ。女将なんぞ、しきりと感心していたじゃないか。女でさえ、おまえの清楚な愛らしさはちょっと真似できまい」

「本当ですか。三上様はいつもうんと褒《ほ》めてくださいますけど、僕には上等すぎる着物だと内心おっかなびっくりだったんです」

「おやおや。いじらしいことを言うね、この子は」

やに下がる、とはまさに今の三上を指すに違いない。突き出しを終えた梓が男花魁として客を取るようになってすぐ、彼は一番の馴染み客となった。以来、何につけても金を惜しみなく使い、月に二度は必ず登楼して高価な贈り物をするもので『翠雨楼』にとっても太い客だと喜ばれている。楼主の嘉一郎などは、よくあんなお大尽《だいじん》を捕まえたと、まるで自分の手柄のようにホクホク顔をしていた。

しかし、今夜の梓はどこか上《うわ》の空だった。

自省して懸命にひた隠しにしてはいるが、意識はすぐによそを向いてしまう。何とか三上の話に受け答えはするものの、聡《さと》い人間なら心ここにあらずなのが丸わかりだろう。

(今日は土曜日。『松葉屋』のお座敷に、蒼悟さんが来る日……)

これを運命の悪戯と呼ぶべきか、はたまた神様の気まぐれと取るべきか、梓の思いは先刻から乱れっ放しだった。『松葉屋』には大小の座敷が十二部屋あり、二階建ての母屋《おもや》に離れまであるのでまず会えるはずもないが、それでも「もしや」と期待を抱いてしまう。

(ああ、せめて音色だけでも聴こえないかな。ヴァイオリンの演奏が聴こえたら、蒼悟さんだと思えるのに。僕が今夜すぐ側にいることを、知らせる間もなかったけど……)

間もなく、蒼悟は日本からいなくなる。

いつ帰ってくるのかわからないし、これきりという可能性だって当然あった。お互いの気持ちはよそ見をしなくても、別れる恋人たちはゴマンといる。病気や事故、およそ考えられる不幸を他人事《ひとごと》と笑ってはいられない。

「どうしたね、梓。何だか、浮かない顔をしているが」

とうとう、上機嫌だった三上も気がついたようだ。いけない、と梓は無理やり微笑み、三上の手を取って自分の膝へそうっと置いた。多少強引で人の話を聞かない面はあるが、三上の扱いは心得ていたのでごまかすのは難しくはない。

「すみません、三上様。僕、久しぶりに廓から出たので上がってしまって」

「おお、そうかい。おまえは、物怖《ものお》じしないようで奥ゆかしいところがあるからね」

「だけど、もう大丈夫です。ほら、三上様がこうして手を貸してくださってるから」

そう言ってにこりと笑いかければ、もうこちらの言いなりだ。三上には妻と三人の子どもがいるが、ここまで鼻の下を伸ばした顔など見せられたものではないだろう。

（僕、もし生まれ変わることがあっても、こんな父親ならいらないな）

相手には気の毒だが、愛想笑いの下で梓はこっそり呟いた。

佳雨に比べればまだまだだが、客を取る立場になって様々な男に接してきた。その中で、少しずつ人の本性について学んでこられた気がする。

優しい顔で乱暴を振るう者、いじけた態度が閨では豹変《ひょうへん》する者。客の多くは世間での通りの良い仮面を捨て、廓で本当の自分を曝《さら》け出す傾向があるようだ。

（三上様は僕に良くしてくださるけど、奥様のことはいつも〝婆《ばあ》さん〟って呼ぶもの。それ

なら自分だって爺《じい》さんじゃないか。わけわかんないよ）

今度は職場での自慢話をとうとうと始めた三上に適当な相槌《あいづち》を打ち、梓はお腹の中で別のことを呟いている。裏表を使い分けているのは、お互い様というわけだ。

（だけど、蒼悟さんは違ったな。不器用で生真面目で。呆れるくらい正直だった）

君が本気で好きだから、迎えに来られるまで客としては来ない。

初めての夜にそう告白され、最初は「どこまでバカなんだろう」と驚かされた。でも、不思議なことにそれがちっとも不快ではなかったのだ。破瓜《はか》に怯える梓に金平糖《こんぺいとう》を含ませ、痛みを堪えるようにと囁いた、あの声にはそれから幾度も救われた。

娼妓と客は、騙し騙されるのが慣《なら》わしだ。

でも、蒼悟はそうではなかった。不器用ながら梓への想いを貫き、ひたすら真摯《しんし》な姿勢を崩さない。色街で暮らして、あんな人に会えたのは恐らく奇跡と言ってもいい。

（やっぱり会いたい。蒼悟さんがドイツへ行ってしまう前に、一目だけでも会いたい）

作り笑いが、次第に辛くなってきた。

座敷では芸者が三味をかき鳴らし、幇間がおどけた仕草で笑いを取っている。それらが別の世界のように感じられ、どうして自分がここにいるのかわからなくなってきた。

「あの、三上様。すみません、僕……」

「ん？　どうしたんだね、梓。何か欲しいものでもあるのかい？」

「いいえ……いいえ、そうじゃないんです。あの、そうだ、お手水《ちょうず》に……」

声を低く落とし、周囲には聞こえないように小さく訴える。それで様子が変だったのか、恥ずかしかったんだねと三上はまた良いように解釈をしてくれた。

(良かった……何とかお座敷から出られたぞ。でも、どうすれば……)

手水に立つと言っても、一人であちこち歩き回れるわけではない。花魁衣装は長襦袢に小袖を三枚、更に上から打ち掛けを羽織るのが定番の装いで、これだけで相当な重さになる。お付きの禿や新造に世話をさせ、時に手伝ってもらわねばならない場合も多かった。

「梓さん、どうしたでありんすか。探し物でもしていんすんでありんすか」

「え？　ああ、何でもないよ」

一緒に付いてきた十歳《な》かそこらの禿が、姐《あね》女郎の真似をして花魁言葉で尋ねてくる。梓はニコリと笑って頭を撫で、その実どうやってこの子をごまかそうかと考えていた。

梓は部屋持ちとはいえ、まだ面倒をみている妓はいない。ここが男花魁の難しいところで、なりは女と変わらなくても中身が立派に男である以上、四六時中遊女見習いの少女たちと一緒にいさせるわけにはいかないからだ。梓を手離した佳雨には幸い希里という新たな男花魁候補の少年がやってきたが、梓はその場その場で手すきの者に助けてもらうのが常だった。つまり、今も他の花魁から貸してもらっているわけだ。

(僕がおかしな真似をすれば、きっとこの子は姐さんに言いつける。そうしたら、お父さん

や佳雨さんの耳に入るのも時間の問題だ。ああもう、やり難《にく》いったらないな)

そうだ、と良いことが閃《ひらめ》いた。

梓は袂《たもと》から和紙の小袋を取り出すと、くるりと少女へ向き直る。手水に行く前に打ち掛けを預かろうと待っていた彼女は、予想とは違う甘い香りに小首を傾《かし》げた。

「これ、おまえにやるよ。お客様からいただいた、珍しい金平糖」

「こんぺいとう……?」

「知らないのかい。お砂糖で作ったお菓子だよ。林檎《りんご》の香りと味付けがしてあって、そりゃあもう頰《ほ》っぺたが落ちるくらい美味いんだ」

「わっちに、くれるのでありんすか」

「うん。おまえは、おとなしくて良い子だからご褒美《ほうび》だ。……ただし」

屈《かが》んで少女に顔を近づけ、殊更に声を落として念を押す。

「絶対、他の人には言ってはダメだよ。横取りされるか意地悪をされちまう。隠れてこっそり食べるといいよ。わかったね?」

「ありがとう!」

嬉しさの余り、国の言葉が出てしまったようだ。癖のある語調で礼を言い、少女は喜色満面で小袋を大事そうに受け取った。多分、これなら誰にも漏らさないだろう。

「それじゃ、おまえはここでちょっと待っておいで。僕が戻るまで、動くんじゃないよ」

「はい」

座敷に戻る前なら、一粒くらいは頬張《ほおば》る時間がある。少女の頭はすでに金平糖で一杯らしく、むしろ早く一人になりたい素振りだ。しめた、と梓は胸を撫で下ろし、そそくさと少女を置いて歩き始めた。どこへという当てなどなかったが、ぐるりと二階を回るだけでも気が済むかもしれない。運が良ければ、蒼悟の演奏を耳にできる可能性もあった。

（蒼悟さん……）

自分でも、愚かなことをしていると思う。

戻るのが遅くなれば三上の不興を買い、後々どんな無理難題を要求されるかわかったものではなかった。けれど、大事な馴染み客を怒らせても一目だけどうしても蒼悟に会いたい。膨らむ想いは理性では抑えきれず、ともすれば裾を踏み、つんのめりそうになりながら梓は『松葉屋』の廊下を何かに急かされるように急いだ。

（僕のこんな姿、佳雨さんが見たらさぞがっかりするだろうな）

我慢ばかりの儘ならない恋は、佳雨こそが嫌と言うほど味わっている。それでも、彼は己の分を弁《わきま》え、立場を見失うまいと気丈に振る舞い続けていた。蒼悟が恋しいのとは別に、佳雨は梓にとって特別な人だ。彼にだけは、申し訳ない、と思った。

『松葉屋』は『翠雨楼』ほどではないが、やはり増築を重ねて少々入り組んだ作りになっている。母屋は中庭を囲む形の二階建てになっており、廊下をぐるりと一周すれば元の座敷へ戻れるようになっているのだが、ふいと気まぐれを起こして脇《わき》の廊下へそれると、もう何処《どこ》へ出たのかわからなくなってしまう。

「あれ……？」

焦《あせ》りが判断を狂わせたのか、梓は闇雲《やみくも》に歩いていた足を止めた。気がつけば見慣れぬ小部屋が幾つも並ぶ、陰気で薄暗い一角に踏み込んでいる。天井の裸電球に死んだ蛾《が》が張りついているのが目に入り、ぞっと背筋が寒くなった。

「いけない、ここはお座敷じゃないな。早く引き返さないと……」

「──梓……？」

慌てて踵《きびす》を返しかけた時、誰かの声が梓の名前を呼んだ。

「いや、まさか。梓がこんなところにいるわけがない。だけど……」

「…………」

まさかまさか、と心臓がとくとく鳴り響く。

振り返るのが怖くて微動だにできないまま、梓は声の主が近づいてくる気配に息を呑んだ。

「梓……なのかい……？」

「蒼悟……さん……」

堪え切れなくなって答えた瞬間、背中から強く抱き締められる。繊細な見かけに反して情熱的な蒼悟は、溢れる衝動のままに腕へ梓を閉じ込めた。

「嘘だろう、僕は夢を見ているんじゃないだろうか。梓……本当に君なのか？」

「それは、僕が言いたいです。蒼悟さん、どうしてこんなところに……」

「手紙に書いた通り、『松葉屋』さんの座敷に呼ばれたからだよ。ここは、芸人たちの控室になっているんだ。僕はさっき裏口から入って、使用人専用の階段から上がってきたところなんだよ。だけど、まさか……まさか梓がいるなんて。何だか、まだ信じられない」

「信じられないって、じゃあ腕の中にいる僕は誰だって言うんです」

あれほど恋しいと焦がれ、無茶を承知でここまで来たというのに、いざ蒼悟と言葉をかわすとつい可愛くない口を利いてしまう。内心しょんぼりと項垂《うなだ》れたが、変わらぬ梓の勝ち気さに安堵したのか、ようやく蒼悟の声に笑みが含まれた。

「ああ、梓だね。本当に君なんだね」

「……はい」

今度は、素直にするりと声が出た。

髪に頬ずりをされ、腕に優しく力が込められるともう意地など張っていられなくなる。梓は小さく頷き、肩越しにゆっくりと蒼悟の顔を見上げた。

「会いたかったです。ずっと、会いたかったです」

「梓……」

「あ、あんまり見ないでください。僕、蒼悟さんと初めて会った時からちょっとだけ背が伸びたんです。あんまり可愛くなくなったかも……って、ああ嫌だな、まったく何を女々《めめ》しいこと言ってるんだろう。いいです、別に可愛くなくて」

「可愛いよ」

くすりと微笑み、蒼悟の指が愛おしげに髪を梳《す》く。こうして互いを近くに感じ、視線を絡めながら話をするのはまだ三回目だというのに、まるで何年も前から知った相手と過ごしているように自然だった。

「もう……戻らなくちゃ」

蒼悟の与えてくれる安らぎに包まれ、梓は形だけそんな風に呟く。

胸の前で交差された彼の手が、引き止めるように着物を掴んだ。

「僕、今夜はお馴染みさんに呼ばれて来たんです。座敷で待たせているから、あんまり遅くなるとご機嫌を損ねてしまう。でも、そのお馴染みさんには感謝だな。蒼悟さんがドイツに行ってしまう前に、一目だけでも会いたいという願いが叶ったんだから」

「離したくない」

「蒼悟さん……」

「ごめん、梓。君を困らせたいわけじゃないんだ。だけど、今は君を離したくない」

「………」

こんなに蒼悟が我を張るのは、梓の知る限り初めてだった。彼はいつも梓の身を気遣《きづか》い、

できる限りこちらの意思を尊重してくれる。生来《せいらい》の優しい気質に加え、遊郭で生きる者がどれほど不自由な身の上なのか理解しようと努めてくれているのだ。

それだけに、我儘《わがまま》を言われると弱かった。

もうすぐ異国の地へ向かうという心境も手伝ってか、無茶を承知で「離したくない」と訴えてくる彼が切なくて愛しかった。

「僕は……」

蒼悟の手の上に自分の手のひらを重ね、梓は泣きたくなっている自分に気づいた。

だが、ここで声を潤ませれば彼はますます心を乱すだろう。別れを心細く思っていると悟られたら、どんな迷惑をかけるかしれない。今までも梓のために己を顧みない行動を取ってきただけに、下手をしたら留学を止《や》めると言い出す恐れもあった。

(そんなのはダメだ。僕のことで、蒼悟さんの未来を潰すのだけは……)

親の借金を返済するため、身体の弱い妹の代わりに『翠雨楼』へ買われてきた。普通なら生きるのに絶望し、金を稼ぐだけが目的の人形に成り果てていたかもしれない。

けれど、あそこには佳雨がいた。

自分を可哀想がる奴は大嫌い、とばっさり言い放ち、廓の誰よりも綺麗で誇り高い高嶺《たかね》の花。彼から梓が教わったのは、毅然《きぜん》と前を向く生きる姿勢だった。もしも蒼悟が自分の存在によって不幸になったりしたら、梓もまた誇りを失うことになる。

（そうだ。僕にできるのは、しっかり生きることなんだ。ただ恋人の迎えを待つだけじゃなく、蒼悟さんの支えになれるように頑張ること……）

心は、決まった。

蒼悟と離れて暮らす日々で、きっと自分は神様に何度も試されるだろう。夜な夜な男に抱かれ、倦《う》んだ人の心に触れる生活が、まともな感情を少しずつ殺していくかもしれない。

それでも、どうしても蒼悟と添い遂げたい。

彼が再び訪ねてくれる時、胸を張って「お帰りなさい」と笑える人間でいたい。

「蒼悟さん、どうか聞き分けてください」

いつものように無邪気な響きはなく、梓の声音はしっとりと決意を含んでいた。

「僕だって、貴方《あなた》とずっとこうしていたいです。でも、だからってたくさんお金を払ってくださるお馴染みさんを振ったりはできません」

「梓……」

「僕が稼がなきゃ、両親や妹が食べていけないんです。僕の心は僕だけのものだけど、身体はそうはいかないんです。蒼悟さんが抱いているのは、そういう相手なんです」

「………………」

背中を預け、ほんの少し寄りかかる。これが、梓なりの精一杯の甘え方だった。身を包む恋人の体温を忘れないようにしよう、と思いながら、もう一度静かに唇を動かした。

「僕、待てるから。たとえ何年かかろうと、ずっと待ってるから。次に会える時まで、色街で何があろうと絶対に生き抜いてみせる。だから、安心して行ってきていいんだよ」

「梓……！」

名前を呼ぶ以外、他に何ができるだろう。

そんな蒼悟の苦悩が、痛いくらいに伝わってくる。彼は懸命に腕を解《ほど》こうとしたが、意思に反して抱き締める強さはいや増すばかりだった。

「不思議だ……僕はずっと君を愛しく想ってきたけれど、今やっと本当の梓を抱いている気がする。君の心からの声を、ようやく聞けた気がしているよ」

「蒼悟さん……」

「大好きだよ。君を愛している。今は言葉しかあげるものがなくて、本当にごめん。でも、君への想いは僕の音楽を変えてくれた。音大時代には生まれなかった音が、僕のヴァイオリンに宿ったんだ。だから、夢みたいな留学の話もきた。全部、君のお陰なんだ」

「そんな……」

それで離れ離れになっていたら世話ないや、と憎まれ口の一つも返してやりたかったが、もう言葉が上手く紡げなかった。これ以上話していたら、声が震えて動揺を隠せなくなる。そうなる前に戻らなくては、と梓は弱々しく身を捩《よじ》った。

「行かなきゃ。蒼悟さん、僕はもう……」

「あんたら、そこで何してるんだい？」

突然、冷や水を浴びせられたように身体が動かなくなる。

険しい声音は、つい先ほど座敷で馬鹿話をしていた『松葉屋』の女将のものだった。

「おや……ちょいと何なんだい、あんたたち。まさか、こんなところで密会してたって言うんじゃないだろうね。おやおやおや、あんたは『翠雨楼』の男花魁じゃないか。まさか、三上様を放り出してきたってのかい！」

「梓、いいから行きなさい。僕が何とか収めるから」

最悪な人物に見つかったと青くなる梓に、声を落として蒼悟が耳打ちをする。だが、女将は目敏《めざと》く睨みつけると「逃げようったってそうはいかないよ！」と釘《くぎ》を刺してきた。

「まったく、とんだ茶番もあったもんだ。余興のヴァイオリン弾きと男花魁だって？　これじゃあ、芝居の筋書きにもなりゃしないよ。まだ夕霧の心中の方がマシじゃないか」

「何だって……？」

潔癖な蒼悟は、死者を冒瀆《ぼうとく》する一言にサッと顔色を変える。しかし、座敷を放って逢引《あいび》きしていたのは事実だし、どんな言い訳も成り立たなかった。女将の胸三寸で処遇が決まるとなれば、彼女に逆らうのは命取りだ。

「ふぅん……」

女将は呆れ顔でこちらへ近づき、まずは震える梓の表情を窺う。引手茶屋を営んでいるだけあって痴情絡みの事件は慣れているだろうが、男花魁となるとまた勝手が違うようだ。何より男女の色事ではなく、男同士というところがまず理解に苦しむ。

「梓さん、あんたも性悪《しょうわる》だねぇ。娼妓にしとくには勿体ない初々《ういうい》しい妓だと思ったら、ずいぶん大胆な真似をしてくれたもんだよ。あんたんとこは、嘉一郎さんが仕切ってんだろ。どう始末をつけてもらおうかねぇ」

「お父さんには……」

「何だい、まさか内緒にしてくれって言うんじゃないだろうね。男のくせに女物の打ち掛け羽織ってしな作って、毎晩旦那方のお相手をしてるんだろ。今更、おぼこぶったって通用しやしないんだよ。第一、うちの面目は丸潰れじゃないか。どうしてくれるんだい」

「…………」

何も言い返せず、梓は絶望の中へ叩き落とされた。嘉一郎に知られれば、蒼悟にどんな咎が及ぶかわからない。男花魁は色街でも希少な存在で、梓は他の遊女に比べればずいぶん大事にされてきた。その商品を傷物にしたのだから、黙って見逃してくれるはずがない。

(まさか、留学がダメになるなんてことは……それはないだろうけど……)

自分の身より、どうしても蒼悟が気になった。そもそも、会いたい一心で座敷を抜け、屋敷内をうろうろしていたのが悪いのだ。自分さえ勝手な行動を取らなかったら、と強い後悔が胸を焼き、梓は立っているのすら苦痛になってきた。

「不始末の責めは、全て僕にあります。女将さん、ひとまず彼を座敷へ戻してはいただけませんか。お客様も待ち兼ねていらっしゃるだろうし、僕は逃げも隠れもしません。土下座して詫《わ》びろと言うのなら、喜んでそうさせてもらいます。ですから……」

謝罪を口にしながらも、蒼悟の態度には一片の疾しさもない。彼は堂々と姿勢を正し、苦い顔つきの女将を真っ直ぐ見返した。同時にさりげなく梓を身体で庇《かば》い、咎める視線を巧みに遮ってくれる姿に胸が熱くなる。

(蒼悟さん……蒼悟さん……)

無意識に蒼悟の袖を掴み、梓は必死に震えを止めようとした。だが、運命がどう転がるかまるで見えなくなった今、誰に救いを求めればいいのか途方に暮れてしまう。

「土下座なんかで済むと思ったら大きな間違いですよ、学生さん」

真摯な蒼悟の言葉も届かず、女将は溜め息混じりに吐き捨てた。

「うちだって、事を荒立てたかありません。でもね、このまんま見過ごしたんじゃ道理が通らないんですよ。うちに出入りする遊女たちは、みぃんな辛い思いを抱えてる。我慢に我慢を重ね、嫌な客にも媚《こ》び売って必死で生きてるんだ。他人様《ひとさま》の金で買った打ち掛けを着て、陰で舌を出して間夫と逢引きするようなだらしない妓は一人だっていやしない」

「それは……」

「ほぅら、何も言い返せないだろう？　梓さん、あんたもこの辺で色街のしきたりを頭からさらい直した方がよさそうだね。おかしな夢をみて、周りに迷惑かけないうちにね」

厳しい言葉が次から次へとぶつけられ、ただ黙るしかない自分が情けない。だが、女将の言うことはもっともだし、罰を受けろと言われればそうするしかなかった。

「わかり……ました……」

「梓っ？」

無理に絞り出した答えに、蒼悟が血相を変えて振り返る。けれど、何をどうあがいたところで無駄だともう諦《あきら》めていた。それほどに色街の禁を犯した罪は重い。

内々に事を収めた方が、『松葉屋』の面目は保たれるだろう。だが、あえて女将は公《おおや》けにしてけじめをつけさせようとしていた。それならば、もうこちらも腹を括《くく》るしかないのだ。

梓はキッと顎《あご》を上げ、気迫にたじろぐ女将にきっぱりと言った。

「まずは、三上様へお詫びをさせてください。『翠雨楼』には、禿を使いに行かせます。お父さんを呼んできてもらって、女将さんと三上様と三人で僕の処遇を決めてください」

「梓、ちょっと待ってくれ。それじゃ君だけが……」

「蒼悟さんは、安心していいよ。お父さんも、貴方にはあんまりひどいことは言わないと思う」

「え……」

何を言っているんだ、と眼鏡越しの瞳が困惑に歪められる。

ああ、と梓は心の中で静かに呟いた。

守らなきゃいけない人がいるって、こういう気持ちのことなんだな。

「女将さん、この人は鍋島子爵のご子息なんです」

「え？　嫌だね、滅多な事を言うもんじゃないよ。この学生さんは、もうずっと色街でヴァイオリン弾きをやっているんだ。大体、こんな地味な子がお貴族様なわけないだろう」

「いいえ、本当です。外腹ですが、きちんと認知もされています。蒼悟さんは、鍋島子爵家のご長男なんです。だから、お父さんはきっと表沙汰《おもてざた》にするのを嫌います。鍋島様は、『翠雨楼』にとっては上得意ですから」

「梓、やめてくれ！」

半信半疑の女将が何か言う前に、たまりかねたように蒼悟が声を荒げた。

共に罰を受けるならまだしも、父親の後ろ盾で自分だけ免除されるとあっては屈辱以外の何物でもない。そう彼が訴えているのはひしひしと感じたが、それでも梓は黙らなかった。

他に、この窮地から蒼悟を救える手立てを何も思いつかなかった。

「まぁ……へぇ……この人がねぇ……」

僅かに怒りを忘れ、女将は感心したように繁々と蒼悟をねめつける。品定めするような目つきに不快を露《あら》わにしながら、蒼悟は「父のことは関係ありません」と言い返した。

「認知と言ったって僕は一度も一緒に暮らしたこともないし、普段はまったく没交渉です。

僕の起こした騒ぎは父に関係ないし、逆もまた然《しか》りです」

「生憎ですけどね、そんな青臭い理屈が通るもんですか。ええ、間違いなく鍋島子爵のお名前は大きいでしょうよ。この機会に恩を売っといて、損はないお方ですからねぇ」

「そんな、やめてください！」

さすがに顔色を失い、蒼悟が狼狽《ろうばい》する。父親の義重は色街でも有名で、粋な遊び方をするお大尽、趣味の高さ、深い美意識の持ち主として人気があった。しかし、間違っても息子の不始末に関《かか》わって、穏便に揉み消そうなどと考える人物ではない。

「……とにかく、僕も梓のお客様にお詫びします。そうして、まずはあちらの意向を伺って……父のことはそれからでしょう。梓、君もそれでいいね？」

「蒼悟さん……」

義重の名前を出したことで、蒼悟は余計意地になってしまったらしい。だが、女将の方はいろいろ思うところがあるのか、いくぶん態度が和《やわ》らぎ始めていた。

「まぁ、駆け落ちしたってわけじゃなし。控室にしけこんでたってことでもないしねぇ」

「僕、そんなことしません！」

「とにかく、花魁はもうお戻んなさいよ。さすがに、これ以上三上様を怒らせると厄介ですからね。ご機嫌取るのはお手のもんでしょうし、上手くおやんなさいよ」

「え……」

手のひらを返すような言い草に、嫌な予感が胸に生まれる。しかし、蒼悟は機を逃すまいとでもいうように「ありがとうございます」と口を挟み、梓には何も言わせなかった。

「ああ、まったく面倒なことになったもんだ。浮気相手と雁首《がんくび》揃えて戻るなんて、火に油を注ぐようなもんですよ。学生さんも、自分の物差しで詫びようったって無理ですからね。とにかく、ここは『翠雨楼』の嘉一郎さんの出方を待とうじゃないですか」

「女将さん……」

「お父様の名前に泥を塗るかどうか、あんたも考え時ですよ、学生さん」

にんまりと意味ありげに微笑まれて、蒼悟も梓も言葉を失う。

気がつけば、死んだ蛾はいつの間にか電球から足元に落ちていた。

濃い紫地に雪明かりのぼかしが入り、裾には残雪を思わせる雪の結晶が大小ちりばめられている。真冬の凍気に一際鮮やかな袷《あわせ》の小紋を着て、肩からショールを引っ掛けた佳雨は、先ほどから色街の大通りを道行《みちゆき》を演じる役者のように走っていた。

普段は歩く時でさえ楚々《そそ》と音をたてず、ほらあれが噂の男花魁だよと衆目の中を澄ましているのだが、今日ばかりはそんな悠長なことは言っていられない。

（まさか……まさか梓が……）

目指すは、色街に長年店を構える『伊勢甚《いせじん》』。普段通っている気さくな蕎麦屋《そばや》より、若干高級な手打ち蕎麦店だ。そこを指定してきたのは同じ男花魁の銀花《ぎんか》で、彼の使いの禿によると耳にしたばかりの情報を流してくれるらしい。無論、ただというわけにはいかないが、海老《えび》の大きな天ぷら蕎麦一杯で話してくれるなら安いものだった。

「いらっしゃい」

美女と見紛《みまご》う出で立ちの佳雨に、店の客が一斉にこちらへ注目する。好奇の視線は慣れっこだったが、少々気が逸《はや》り過ぎたかと気まずくなり、開けた勢いから一転そろそろと後ろ手に引き戸を閉めた。昼見世前の中途半端な時間のせいか、店内はまだ眠たげな空気を漂わせていたが、その中を否が応にも目立つ青年が一人、陽気に手招きをしている。

「よぅ、佳雨。相変わらず、気張った恰好してるじゃねぇか」

「銀花……」

長く伸ばした髪を一つに縛り、まるで役者のような婀娜《あだ》な風情の銀花に「そっちこそ、変わらずだ」と憎まれ口を返したくなる。佳雨と違い、彼は見世に出る時以外は男の恰好に戻るのが常で、そのことを快く思わない楼主とはしょっちゅうやり合っているようだ。だが、元から信じるのは金と己自身、と豪語するだけあり、少しも改める気はないらしい。

今日も、大胆な黒と萌黄色《もえぎいろ》が段になっている派手な着物に袖を通さず羽織りを肩に掛け、さしずめ芝居上の放蕩《ほうとう》息子といった様子だ。すでに温燗《ぬるかん》で一杯始めており、目元にほんのり浮かんだ紅が色っぽかった。

「呆れたね。昼見世もまだなのに、もう酔っ払いか。おまえ、性根が腐ってきたんじゃないかい。自分の金で昼酒を飲むなんざ、締まり屋の銀花とも思えない」

「バカ、誰が手前の金で飲んだりするかよ。こいつは、佳雨、おまえの払いだ」

「俺の？　冗談言うな。蕎麦がどうして酒に化《ば》けるんだよ」

「酒も蕎麦も両方さ。俺の情報は、それくらい高くつく。何せ、てめぇの可愛い弟花魁が仕出かした、しょうもない不始末の顛末だからな」

「………」

「ま、とにかく座れ。話はそれからだ」

陽気に促され、渋々と正面の椅子《いす》に腰を下ろす。会話が途切れたのを見計らって店員の娘がやってきたので、佳雨はあてつけがましく「お猪口《ちょこ》をもう一つ」と頼んだ。

「おい、よせよ。俺の酒を奪う気か」

「二号徳利、一人で飲み干すつもりかい。おまえが酒に強いのは知っているが、ほろ酔いで話を大きくされちゃ敵《かな》わないんでね。商売敵《がたき》だってんで、そちらの楼主に難癖つけられても迷惑だ。銀花、酒の匂《にお》いをさせて見世へ戻れば、気儘な外出もできなくなるよ？」

「放っておけよ。俺はしたいようにする。俺が稼いでいる間は、誰にも文句は言わせない。佳雨、てめぇの澄ました面《つら》を見てると本当に酒が不味《まず》くなるな」

良い気分に水を差され、銀花はふて腐れている。年は同じで、男花魁としての立ち位置や評判もほぼ互角、幼い頃は様々な稽古先《けいこさき》で芸を競った相手だ。何でも一番でないと気が済まない銀花は、昔から佳雨にだけは負けまいと対抗心を隠しもしなかった。

お待ちどお、と言って娘がお猪口と、小皿にキンメの煮付けを持ってくる。さすがに肴《さかな》も気が利いているね、と感心していたら銀花が断りもなく手を伸ばし、小皿を堂々と自分の前に持っていってしまった。

「おまえねぇ……」

「何だよ、肴くらいケチケチすんな。裏看板の名前が泣くぞ」

「……まぁいいや。こっちも、あまり長居はできない。銀花、早速だけど聞かせておくれ。

『松葉屋』の一件だが、あれは事実なのかい？　本当に梓が夏目《なつめ》様と逢引きを？」

雑談を切り上げて本題に入ると、銀花は箸《はし》を止めて上目遣いにこちらを見た。

「言っとくがな、俺はおまえや梓の身がどうなろうと知ったこっちゃないんだ」

「…………」

「けど、おまえにたかる絶好の機会と思ってよ。口実に呼び出してみたわけさ。大体、遊女がお座敷抜けて間夫と逢引き、なんて珍しくも何ともない話だろ。まぁ、夏目って野郎は色街を出入り禁止になるだろうが、もともと最後の夜だったって聞いてるしな」

「最後の夜……」

銀花が情報通なのは今に始まったことではないが、よくそんなことまで、と驚かされる。彼の馴染みには警察官僚や軍人も多く、事件ものに関しては情報源があるのも頷けるが、いわゆる痴情沙汰まで網羅しているとは思わなかった。

「最後ってのは、どういう意味だい？　夏目様がヴァイオリン弾きをお辞めになるのは、そりゃあ時間の問題だろうけど。あの方は、いずれ音楽で身を立てるおつもりだろうし」

「さすがだな。そこまでは、おまえも耳にしていたか。理由は知らねぇが、あの晩を最後と決めていたという話だ。そこへ、たまたま梓が馴染み客に呼ばれて『松葉屋』へ来た。顔を合わせた二人は燃え上がり、二人きりで抱き合ってるところを『松葉屋』の女将に見つかったってわけだ」

「あの子が……」

やはり、噂は本当だったのか。

佳雨は言葉を失い、気をしっかり持たねばと手酌で徳利の酒をお猪口に注《つ》ぐ。それを立て続けに二杯飲み干すと、ようやく唇を動かす気力が戻ってきた。

「銀花、おまえは梓と夏目様の仲を知っていたのかい？」

念のために尋ねると、小皿を空《から》にした銀花が「いや」と首を振る。

「おまえの後を金魚の糞《ふん》みてぇに付いて回って、どこぞの御嬢さんみたいななりのガキだとは思ったが。客を取るようになって一年もたたずに間夫を作るなんざ、なかなかのやり手だよ。おまけに、夏目って男は鍋島子爵の嫡男っていうじゃねぇか」

「そこまで、もう広まっているのか……」

「吹聴してんだよ、『松葉屋』の女将が。どういう了見なんだか」

そろそろ頃合いか、と店員を呼びつけると、彼は天ぷら蕎麦の大盛りを注文した。酔いはすっかり醒《さ》めてしまったらしく、心なしか表情は退屈そうだ。しかし、佳雨の方はそう呑気《のんき》な心境ではいられなかった。

「廓内でも、先日からその話は流れているんだよ。梓は謹慎、外からの手紙の取り次ぎは一切禁じられたってね。ただ、俺があの子に会いに行くのはお父さんの目が厳しい。いらぬ知恵をつけるんじゃないかと勘繰っているのさ」

「ああ、おまえは悪知恵が働きそうだもんな」

「混ぜっ返すんじゃないよ。それで、顚末ってのはどういうことだい？」

「やれやれ。ゆっくり蕎麦も啜《すす》れねぇなぁ」

運ばれてきた器から、心地好い湯気が上がっている。銀花は海老天の上に七味を存分に落とすと、焦らすように間を取ってからようやく口を開いた。

「これは表には出てない話だが」

「え……」

「逢引きの現場を見つかった後、袖にされた馴染み客ってのが激昂《げっこう》してな。詫びに座敷へ出向いた夏目の前で、梓を玩具《おもちゃ》にしようとしたってよ」

「…………」

「さすがに黙って見ちゃいられず、夏目は客に殴りかかった。そこを『松葉屋』の若い衆に取り押さえられ、あわや指を……」

話の途中で陶器の倒れる音がして、徳利の口から酒が零れ出る。佳雨が反射的に手を伸ばし、強張《こわば》った指先で誤って触れてしまったのだ。ジッとおとなしく聞いていたら、駆け廻《まわ》る感情におかしなことを口走りかねなかった。

「あ〜あ、勿体ねぇなぁ」

こちらの動揺を知りながら、銀花は素知らぬ顔で毒づいた。

「日頃は何でも取り澄ましているおまえが、そこまで見栄を捨てるとは愉快だね。なぁ、夏目はどうなったと思う？　裏とはいえ、下手な遊女の数倍も稼ぐ売出し中の男花魁だ。俺やおまえのような古株ならいざ知らず、間夫の噂が出回るにゃちょっと早すぎる」

「まさか……ヴァイオリンが弾けなくなる、なんてことは……」

情けないが、問いかける声が震えてしまう。梓にとって夏目の存在は、遊郭で生きていく支えのようなものだ。自分の咎で将来の夢を絶たれるような傷をこさえたとあっては、とても耐えきれるものではないだろう。

（もし、これが若旦那だったら……もし逢引きしていたのが俺だったら……）

想像したくもないが、ぞっと肌が粟立《あわだ》った。

ささやかな未来への希望、淡く胸に抱く無垢《むく》の欠片。

夜毎《よごと》、他人に身体を蹂躙《じゅうりん》されながら守り通してきたそれらが、一瞬で砕け散るのは間違いない。愛する人の将来を奪って、どうして己だけが安穏と生きていられよう。

「安心しろ。さすがに、『松葉屋』の人間が止めたってよ」

「え……」

「指を折ってしまえ、と馴染みの旦那は命令したそうだがね。事前に梓が『夏目様は鍋島家の嫡男だ』と女将へ吹き込んでおいたお陰で、ひとまず取り成しが入った。それに、梓がそれはもうひどい取り乱しようで、それどころじゃなくなったらしいぜ」

「………」

「自分のことは犬猫同然に扱って構わない、だからお願いします、彼を解放してください。とまぁ、他の座敷にまで響き渡るような声で泣き叫び、何度も縁に額《ひたい》を擦りつけて土下座したんだと。三回通いの花魁がだぞ？　まさに修羅場だわなぁ」

「梓……」

佳雨は息を詰め、ぐっと無意識に右手を握り締めた。手のひらに爪《つめ》が食い込み、鋭い痛みが走ったが、梓の心情を思えば痛みのうちになど入らなかった。

「それで……その後は……？」

「それよ。何だ何だ、と野次馬は集まるわ、年端《としは》もゆかない花魁が泣きじゃくってるわで、とうとう客も決まりが悪くなり、渋々怒りを引っ込めた。夏目は店を追い出され、色街の出入りはご法度《はっと》だとさ。要領悪いったらねぇよ」

「じゃあ、二人に表立った御咎めは……」

「梓は裏で折檻《せっかん》されただろうが、とりあえず客は花魁可愛さに許したってよ」

「そう……か……」

張り詰めていた緊張が、最後の言葉でようやく緩んだ。佳雨は長く息を吐き、ぐったりと椅子に身を沈める。冬だというのに額には汗が浮かび、なんだかひどく疲れていた。

「ご苦労なことだな、佳雨。他人のことで、そこまでヤキモキしてよ」

さっさと天ぷら蕎麦をたいらげ、銀花は猫のようにべろりと舌で唇を舐《な》め回す。丼《どんぶり》には汁の一滴も残っておらず、見事な食べっぷりにまた溜め息が出た。

楼主の嘉一郎が『松葉屋』の使いに血相を変え、飛び出していったと耳に入ったのが一昨日《おととい》の夜。その後、梓の上得意である三上という実業家を伴って戻ってきた嘉一郎は、身体の空いている遊女を座敷へ集めて明け方まで乱痴気騒ぎに付き合っていた。恐らく、精一杯ご機嫌を取っていたのだろう。ようやく空が白みかけた頃、生娘のように湯殿で洗われ、新しい衣装を着つけられた梓が閨まで付き添い、三上のお相手を務めたという。

(あんなことがあったすぐ後で……お父さんも酷《ひど》い仕打ちをするもんだ……)

それだけの罪を犯したのだから、仕方がない。理屈でそう思う一方、客に抱かれながら梓の心は引き裂かれんばかりだったはずだ。これで、もう二度と蒼悟と手紙のやり取りは叶わない。年季が明けるまで、ひたすら日を数える生活の始まりだ。

(何とかしてやれないものか。せめて手紙くらいは……)

どちらにせよ、夏目は色街の仕事は辞めるつもりだったらしい。それなら尚一層、手紙は二人を繋ぐ大事な絆《きずな》であっただろう。同じ廓内にいながら、なまじ花魁などという立場にいるせいで気楽に行き来もできない。そんな身の上が歯がゆかった。

「でもな、佳雨。おまえだって、人の心配している場合じゃないだろうが」

「え？」

一人考えに耽《ふけ》っていると、不意に銀花が気になることを言い出した。

「何だよ、意味深だね。海老天の分、情報を上乗せしてくれるのかい？」

「ぬかしてろ。いや、百目鬼の若旦那の噂はちょくちょく耳にするからな」

「若旦那の……もしや、『百目鬼堂』に良くない評判がたってるって話か。おまえ、何か詳しいことを知っているんなら話しちゃくれないか。俺も、気にはしているんだが」

「ははん。その顔じゃ、あらかた聞いたんだな。何、実はひょんなことから若旦那の友人とかいう、九条《くじょう》って刑事と知り合いになってよ。あいつが、気を揉んでいたんだ」

「九条の……若様と？」

「けっ。若様って柄かよ。つまらねぇ、女郎を買う甲斐性もねぇ男なんだぜ」

いつの間に、と驚く佳雨に眉をひそめ、銀花はにべもない。しかし、彼の口ぶりだと客と花魁という関係ではないようだし、やはり佳雨には意外だった。守銭奴の銀花が金にもならない相手と親しくなるなんて、これまで一度だってなかったからだ。

「あ、てめぇ変に勘ぐるなよ？　たまたまだよ、たまたま。偶然、蕎麦屋だの……ほら、最近できたカフェとかさ。ああいう店で、何度か顔を合わせるのが続いただけだからな」

「別に、俺は何も勘ぐっちゃいないさ」

「……ふん」

墓穴を掘ったと言わんばかりに横を向き、銀花はふて腐れたように呟いた。

「百目鬼の若旦那、今回はちょっとばかり窮地に立っているらしいぜ。取り引き先は付き合いの長い相手ばかりだから問題ないが、仕入れの方で難儀しているんだとさ。悪評が出回ったせいで、価値ある骨董品の持ち主が出し渋ったり他所《よそ》へ持ち込んだりしてるらしい」

「そうか……やっぱり、世間はそんなに甘かないんだね」

「九条の旦那も憤慨してたぜ。噂の出所はどこなのか、さっぱり見当がつかないんだと。ただ『百目鬼堂』自体に昔から胡散臭《うさんくさ》さは付き纏っていたんで、否定しきれない部分は確かにあるんだってな。不自然な金回り、蔵の盗難。しかも二度目だ。若旦那もツイてねぇなぁ」

「二度目？」

聞き捨てならない一言に、別の意味で胸がざわつく。それでは、『百目鬼堂』に再び賊が侵入したのだろうか。久弥は何も言わなかったが、今まで盗まれた骨董絡みで佳雨がさんざん無茶をやらかしたので、あえて黙っていたのかもしれない。

そろそろ、腰を上げて見世へ戻る時間が迫っていた。

梓のこと、久弥のこと。気鬱《きうつ》の種はいくらでもあるが、ただでさえ機嫌の悪い嘉一郎の神経を逆撫でするのは利口ではない。これを最後とばかりに身を乗り出し、佳雨は銀花に食い下がった。

「二度目ってどういう意味だよ。また骨董が盗まれたってことかい？」

「おや、こっちは初耳か。ま、おまえは若旦那のこととなると何するかわかんねぇからな。

俺が聞いた話じゃ、先だって鍋島子爵から引き取った手鏡を何者かに盗《と》られたんだと。しかも、その品は一度盗まれたのを取り返した矢先だって言うじゃねぇか。九条の旦那は、内々で相談を受けたみたいだな。まぁ、悪評の上に泥棒騒ぎじゃ泣き面に蜂《はち》だ。公けにしたくない気持ちはわかるさ」

「あの手鏡が盗まれた……」

失った五つの曰くつき骨董。そのうち久弥は四つまでを探し当てたが、唯一無傷で取り戻したのが室町時代の作だという美しい手鏡だった。その同じ品が再び盗まれたのは、決して偶然ではあるまい。

「ふん、その顔だけで釣りがくるな。佳雨、くれぐれも余計な真似はすんなよ。それよか、梓の方を何とかしてやれ。あいつは新造時代から生意気で虫が好かねぇガキだが、まだまだ踏ん張ってもらわねぇと困るんだよ。何せ、男花魁は数が少ねぇからな」

口では乱暴なことを言っているが、銀花は意外な優しさを見せる。

彼は徳利に残った酒をお猪口へ注ぐと、美味そうに喉《のど》へ流し込んだ。

梓は、監禁された布団部屋で身動きもせずにずっと正座したままだった。

もう、時間の感覚などとうになくなっている。一昨日の夜『松葉屋』で騒動を起こし、何とか場は収まったものの嫌というほど三上に身を任せねばならなかった。それで夏目が放免されるなら安いものだと腹を括ったが、嫉妬に狂った三上の愛撫はしつこく、梓は感情を殺す以外に己を守る術《すべ》を持たないほど追い詰められた。

思い出したくもない、嫌悪と恥辱にまみれた時間。

全身を執拗《しつよう》に舐め回され、羞恥と気持ち悪さから何度「許してください」と懇願したか知れない。慣らさぬうちに抉《こ》じ開けられた場所は傷つき血を流し、果ては責め絵のように腰紐《こしひも》で縛られて、無理な体勢からも受け入れさせられた。快感など微塵もなく、痛みと屈辱と絶望しか感じないまま、自分の上で動く男をボンヤリとただ見つめていた。

(蒼悟さん……)

正気を保つためにくり返した名前は、最早擦り切れて意味などわからなくなっていた。ようやく三上が帰り、起き上がる気力もなく貧血同然に意識を失っていると、今度は楼主による折檻だ。若い衆たちに引きずられ、厳寒の布団部屋で緋襦袢一枚にさせられた梓は昨日、今日と食事を与えられず寒さと飢えに耐え忍ばねばならなかった。花魁は身体が売り物なので、折檻とはいえ暴力とは別の方法で痛めつけられるのだ。嘉一郎は殊の外、梓に目をかけて大事にしてきたので、余計に怒りが強いらしかった。

(蒼悟さん、大丈夫かな。後から、見世の人間に乱暴されたりしてないかな)

息をしても喉が凍りつきそうな寒さだが、周囲に積まれた布団の山には生憎と手が届かない。自由を封じるため、柱に後ろ手で縛り付けられているからだ。あまりに自分が惨めなのでせめて気概だけでもと背を伸ばして正座しているが、心はすでに限界に近づいていた。

「……おい」

ひっそりと、潜《ひそ》めた声がかけられる。空耳かと思うほど小さく、梓はすぐには反応できなかった。しかし、次にはそろそろと布団部屋の扉に隙間《すきま》が空き、小柄な影が敏捷《びんしょう》に中へ潜《もぐ》り込んでくる。あっと思う間もなくぴしゃりと扉は再び閉まったが、月明かりさえ差し込まない部屋では侵入者の顔など目を凝らしてもわかりはしなかった。

——と。

マッチを擦る音がして、蠟燭《ろうそく》の炎が淡く揺らめき出す。眩《まぶ》しさに狼狽していると、ヌッと目の前に佳雨の禿、希里の顔が迫ってきた。いつ見ても無愛想な顔をしているが、今は何だか怒っているようだ。

「おい、大丈夫かよ」

「……何だ、おまえか。ご覧の通りだよ、大丈夫なもんか」

弱みを見せまいと気丈に笑んでみたが、どうにも声が弱々しい。吐く息の白さに一層惨めさが募り、梓は横を向いて「何の用だよ」とつっけんどんに答えた。

「冷やかしだったら、とっとと帰りなよね。見ていて面白いものじゃないんだから」

「知ってる。俺も、ここへ来てすぐ閉じ込められた」

「ああ、あん時は〝とんだ跳《は》ねっ返りが来た〟ってお父さんが怒ってたよ。でも、それで同情してるならお門違《かどちが》いだからね。僕は廓の掟《おきて》を破ったんだ。お仕置きは、当然受けなきゃならない。ただ、後悔はしてないから反省なんかしないけど」

「……これ」

「え？」

蠟燭立てを床に置き、希里が懐から折り畳んだ紙片を取り出す。憎まれ口を叩いていた梓は相手にされずに調子が狂い、彼と紙片を胡散臭そうに交互に見つめた。

「手紙だ。二通ある。一通は佳雨からだ。読んだら、俺が持ち帰って燃やすからな」

「佳雨さんが……」

それでは、希里は佳雨の使いでやってきたのだ。

「佳雨さん……僕なんか、とっくに見捨てたと思ったのに……」

嫌われていなかった。そう思った瞬間、張り詰めていた気がいっきに緩み、梓は目に涙を滲ませる。新造だった頃、佳雨に叩き込まれた廓で生きる覚悟を自分はあっけなく崩してしまった。他人にも自分にも厳しい彼をきっと失望させたと思ったし、折檻よりもその方がよほど辛かった。

「紐を緩めると、縛り直した痕《あと》でバレる。だから、これで勘弁しろよ」

梓の涙に気づかない振りをして、希里が紙片を読みやすいように目の前に掲げてくれる。気が利くことに彼はそのまま他所を向き、手紙の内容や読んでいる表情を見ないようにしてくれた。その気遣いは、正直とても有難《ありがた》かった。

「佳雨さん、僕をこんなに心配してくれて……」

手紙には梓を思い、我が事のように傷ついている佳雨の言葉が並んでいる。一言も不始末を責めず、おまえを信じているから、という一文にはとうとう涙が零れ落ちた。己のしでかした愚かさを、梓が正面から受け止めていることをわかってくれているのだ。

「佳雨さん……ごめんなさい……ごめんなさい……」

「あいつ、凄く心配してたぞ。今夜は居続けの客がいるし、どのみち佳雨が動くと目立つだろ。だから、俺に代わりに行ってくれって。それから……これも」

読み終わったのを察して紙片を畳み、希里は着物の袂を探って小さな包みを取り出した。そこから透明な小袋を破り、甘い匂いがする黒い菓子を口元へ持ってくる。

「な、何？」

「百目鬼の若旦那が、俺と佳雨にくれた菓子だ。ちょこれーとびすけっと、だって」

「チョコレートビスケット……」

「食え。甘いもん食えば、ちっとは元気が出るだろ」

「…………」

驚いたことに、そこでにんまりと希里が笑った。可愛げがない、滅多に笑い顔を見せないと廓内でも評判で、梓に至っては一度も目にした記憶などなかったが、蠟燭の頼りない灯《あか》りに照らされたあどけない笑顔はとても可愛らしかった。

「成る程ね……さすがに、単なるごぼうじゃないわけか……」

「ん？　食わないのかよ。俺なら気にするな。自分の分はもう食っちまった。これは佳雨が若旦那に貰った分で、またお願いするからいいってさ」

「食べるよ。二日絶食で、お腹がぺこぺこなんだ」

気のせいか、心の痛みが少しだけ和らいだようだ。梓は素直に口を開け、希里に不器用な手つきで菓子をゆっくり食べさせてもらった。

「美味《おい》しい……」

思わず、そんな呟きが漏れる。仄《ほの》かな苦みと濃厚な甘さが塩気のあるビスケットと合っており、空腹も手伝って身体中に染《し》み渡るような美味さだった。

無我夢中で一枚、もう一枚と食べ尽くし、ようやく人心地がつく。あまりの勢いに希里も驚いていたが、無事に役目をはたせたと安堵しているようだった。

「あ、おまえまずいぞ。チョコレートの欠片が、口の端についてら」

朝になって若い衆が戻ってきたら、新たな折檻の種になる。希里が自分の袖口を指で引っ張り上げ、ゴシゴシと梓の唇を拭った。

「こら、痛いよ。乱暴にするな」

「贅沢《ぜいたく》言ってんじゃねぇよ。しょうがないだろ」

無骨な優しさにともすれば負けそうになり、梓はわざと嫌な口を利く。だが、希里はお構いなしに世話を焼くと、落ち着いた頃を見計らって新たな紙片をもう一通取り出した。

「そっちは……？」

そういえば、手紙は二通あると言っていたっけ。

やっとまともに働き出した頭で思い返していると、希里は妙に真面目くさった様子でこちらを見つめてくる。何かを問うような真剣な眼差しは、先刻ののどかさを払拭《ふっしょく》する厳しい空気をはらんでいた。

「まさか……」

ハッと一つの可能性に行きつき、梓がたちまち顔色を変える。

どうやら正解だったらしく、希里が神妙な顔で頷いた。

「夏目蒼悟。おまえの間夫からだ。花屋の丁稚《でっち》が預かったって、俺へ持ってきた」

『百目鬼堂《どうめきどう》』の蔵から、再び曰《いわ》くつきの手鏡が盗まれた。

そんな話を銀花《ぎんか》に聞かされ、梓《あずさ》のことも相まって近頃の佳雨《かう》は何とも気が晴れない。ひとまず梓は二日に及ぶ折檻《せっかん》を終えて座敷へ戻され、翌日からはもう客を取らされていたが、使いに出した希里《きさと》によると表面上はしっかり務めを果たしていると言う。

「楼主のクソ爺《じじい》も、あんまり苛《いじ》めて後々に障《さわ》りがあっちゃいけないって思ってるんだと。追い詰めて足抜けでも企てられたら、それこそ『翠雨楼《すいうろう》』の名折れだってさ」

「それはそうだろう。お父さんは飴《あめ》と鞭《むち》の使い分けを、ちゃんと心得ているからね。だが、可哀想《かわいそう》だが夏目《なつめ》様とのやり取りは金輪際無理だろうな」

自分でも、どんなに残酷なことを口にしているかはわかっていた。けれど、希里にも事の顛末《てんまつ》は正確に理解させなくてはならない。廓《くるわ》の掟《おきて》を破り、遊女が客に恥をかかせるとどうなるか、我の強い希里には決して他人事《ひとごと》ではない気がするからだ。

「まぁ、それでも梓はずいぶん強くなったよ。元から芯《しん》のある子だったが、やっぱり大人になってきているんだね。拗《す》ねて自棄《やけ》を起こしたり、狂言自殺をやらかしたり……間夫《まぶ》絡みの問題はとかく後を引きやすい。そこで己《おのれ》を律していられるのは、なかなか難しいことだ」

「うん、あの……」

「どうした？」

「………」

佳雨の言葉に、希里は少し間《ま》を空《あ》けてから「そうだな」と同意した。けれど、何とも歯切れの悪い様子が引っかかり、何か隠しているんじゃないのかと勘が働く。遊女と違って禿《かむろ》の彼は雑用係の性質上、廓内や色街での行動範囲が広いのだ。

「希里、もし誰かの秘密を拾ったんなら、そいつは胸に留《とど》めて漏らしてはいけないよ」

「え……」

「でもね、自分の裁量では手に余ると思ったのなら話は別だ。これぞという相手に全部預けて、頭の中からはすっぱりと追い出しちまうに限る。いいね？　間違っても、抱えた秘密に、、、、、、、、、、、、、、、自分が食われちまわないように。そうなっても、誰も助けちゃくれないんだよ」

「……わかった」

言いたいことが伝わったのか、今度は明瞭《めいりょう》な返事がきた。よしよし、と微笑《ほほえ》みかけたところで、案《あん》の定《じょう》、「あのな」と何かを言いかける。だが、希里が本題を打ち明ける前に、障子の向こうから喜助《きすけ》が声をかけてきた。

「佳雨花魁《おいらん》、百目鬼の若旦那がお見えです」

「若旦那が？　まだ夜見世《よみせ》が始まって間もないってのに、今夜はどういう風の吹き回しだろう。……わかりました。あの方は希里がお気に入りだ。話し相手にやりますから、少しお待ちくださいと伝えておくれ。あと、ご贔屓《ひいき》の吟醸酒を冷やのままでお願いしますよ」

「承知しました」

「……というわけだ。希里、すまないが先にお座敷へ向かってくれるかい？　話の方は、今晩改めて聞かせてもらうから。梓のことで一肌脱げるなら、俺もやぶさかじゃないんだよ」

「うん」

真っ黒な目で佳雨を捕らえ、希里がこっくりと頷《うなず》いた。まだ何も話していないのに、もう肩の荷が下りたような顔になっている。正直な子だ、と可笑《おか》しくなり、うっかり頭を撫《な》でてやろうとしたら「よせやい」と野良猫のように逃げられてしまった。


大輪の牡丹《ぼたん》や芥子《けし》、薔薇《ばら》などの洋花を大胆にちりばめ、艶《あで》やかな緋《ひ》の打ち掛け姿で佳雨が現れると、希里相手に冗談を飛ばしていた久弥《ひさや》が一瞬言葉を呑《の》み込んだ。

下の小紋は一段色を薄めた桃に銀糸でやはり薔薇が描かれ、派手な打ち掛けを品よくまとめている。帯には銀細工の薔薇の帯留め、半襟《はんえり》には一転激しい赤で刺し色の刺繍《ししゅう》がされ、晩秋ならではの装いが座敷を艶《なま》めかしく彩った。

「お待たせしました、若旦那。十日ぶりのお出ましですね」

入れ替わりに希里が出て行き、にこりと匂《にお》やかな微笑を佳雨は浮かべる。そこでようやく我を取り戻したように、いくぶん照れ臭げに久弥が口を開いた。

「こいつは驚いたな。今更な言葉で世辞と思われるだろうが、佳雨、おまえは本当に綺麗《きれい》だね。もうすっかり見慣れたと思うのに、日を空けて訪ねればまた別人のようだ」

「そいつは複雑ですね。それじゃ、先日〝おまえが好きだ、愛している〟と囁《ささや》いてくだすったのは、今日の俺にじゃないわけだ。どうしよう、自分に嫉妬《しっと》しちまいます」

笑って軽口を叩《たた》き、久弥の傍《かたわ》らに流れるような仕草で腰を下ろす。自分でも、初心《うぶ》な台詞《せりふ》を吐いたと思ったのだろう。久弥は決まり悪げに笑みを返し、佳雨の酌を受けて贔屓の日本酒を軽やかに呷《あお》った。

「おまえが男で良かったよ、佳雨」

「へぇ、初耳ですね。どの辺が？」

「もし女だったら、際限なく貢《みつ》ぎたくなったからさ。おまえは短髪で簪《かんざし》を必要としないが、これで櫛《くし》やら簪やらと飾りたてたくなったら俺は身代《しんだい》を傾けそうだ。仕事柄、惚《ほ》れ惚《ぼ》れする逸品を目にするとついおまえの顔が浮かぶんでね」

「若旦那は、本当に後腐れなく金をお使いになる」

久弥の勧めで自分も盃《さかずき》を持ち、酒で湿らせた唇で言い返す。だが、いつもは笑って受け流すその言葉に、今夜は珍しく久弥が反応した。

「佳雨は何も訊《き》かないが、薄々奇妙には思っているんだろう?」

「え……?」

「老舗《しにせ》とはいえ一骨董《こっとう》商《しょう》に過ぎない俺が、どうして金を湯水の如《ごと》く使えるのか、と。『百目鬼堂』に今良からぬ噂《うわさ》が出回っていることも、きっと耳に入っているはずだ」

「若旦那……」

困った。どうしよう。

咄嗟《とっさ》に否定も肯定もできず、佳雨は盃を持つ手を止めてしまう。これが久弥相手でなければいかようにもごまかしが利くのに、どうしてか彼の前では口先だけの不誠実な言葉が出てこなかった。そんな自分に戸惑いながら、いつまでも知らんふりもできずにそっと恋人を見つめ返す。その眼差《まなざ》しだけで充分だったのか、久弥は続けて口を開いた。

「俺が通った後、鍋島《なべしま》様が客で登楼していたからな。恐らく、おまえの耳には入るだろうと思っていたよ。佳雨、俺をさぞ水臭いと思っただろう? すまないな」

「いいえ、そんなことは……」

沈黙が思いやり故だと、佳雨はとっくに承知している。愛する男の全《すべ》てを知りたい、それは偽りない本心だが、嘘《うそ》や隠し事にも愛はあるのだと久弥との恋が教えてくれた。

「俺は、ただ若旦那が心配なだけです。そうして、自分がひたすら不甲斐《ふがい》ない。お役に立ちたいと願いながら、いつだって碌《ろく》な働きができません。俺に、若旦那を恨めしく思う資格なんざありゃしないんです。ですから、どうか謝らないでくださいな」

「佳雨……」

「ただ、もしちらとでも打ち明けよう、という気持ちになってくださったのなら、もちろんその方が何倍も嬉《うれ》しいです。人づてに本当か嘘かもわからない噂話を吹き込まれるより、あんたの口から聞かされた方がどれだけ安心か。それは、俺の我儘《わがまま》ですが……」

「いや、おまえは正しいよ。一番初め、俺が色街へ出入りする理由を黙っていたせいで、さんざんおまえを苦しめた。あの教訓を生かさない手はない。そうだろう？」

「……はい。でも、どうして急に……」

いつでも打ち明ける機会はあったのに、どうして「今夜」なのだろう。

当然胸に湧《わ》く疑問に佳雨が首を傾《かし》げていると、久弥は景気づけのためか手酌で酒を立て続けに飲み干した。

「これから俺が話す内容は荒唐《こうとう》無稽《むけい》、小説か芝居の筋書きか、と人は思うだろう。無論、おまえだって例外じゃない。信じられなかったら、正直にそう言ってくれて構やしないよ」

「…………」

「だが、誓って言う。これは『百目鬼堂』の裏の歴史であり、一片の誇張もない真実だ。その証拠が、俺が今ここにいることさ。高嶺《たかね》の花の男花魁を見初《みそ》め、足繁《あししげ》く通って金を遣《つか》い、楼主にお目溢《めこぼ》ししてもらっている。悔しいが、財がなければできないことだ」

「はい、それはそう思います。『百目鬼堂』は立派な骨董商だと聞き及んでおりますが、若旦那の羽振りはそれだけで説明はできません。ですが……」

「ん？」

「裏の歴史、などと大層な物言いをされましたが、俺は若旦那を信じています。あんたは、自分の手を私利私欲で汚す人じゃない。ましてや色街通いのためにだなんて、欠片《かけら》だって考えたことはありませんよ。こっちも商売ですからね。ヤバい客には鼻が利くんです」

「ヤバい客……か」

久弥はくすりと笑みを零《こぼ》し、右手の親指で軽く佳雨の顎《あご》に触れる。

「若旦那……」

間近からこちらを覗《のぞ》き込む瞳《ひとみ》は、微《かす》かな疲労を浮かべていた。表面上は何も変わらず、態度も表情も飄《ひょうひょう》々としたままだが、やはり悪評の影響が祟《たた》っているのだ。大門《おおもん》の向こう側で彼がどんな苦労を味わっているかと思うと、佳雨の胸はざわざわと波立った。

「若旦那、あんたの痛みは俺の痛みなんです」

「え……？」

視線を交え、切《せつ》なく唇を震わせて佳雨は訴える。

「世間知らずの籠《かご》の鳥が、と生意気なのは承知です。でも、あんたが辛《つら》い時は俺も胸がキリキリ痛む。以前、俺が他の客に抱かれている間、自分の心も死んでいる——若旦那はそう仰《おっしゃ》ってくださいました。あれは、そのまんま俺の言葉でもあるんです」

「佳雨……」

「逢瀬《おうせ》の儘ならない身だからこそ、俺には想像するしかない。せめて頭の中だけでも、一緒に苦しませてくださいな。俺が自由にできるものは、己の心だけなんですから」

言うが早いか、しっとりと唇が重ねられた。

久弥は慈しむように佳雨の唇を食《は》み、深く長く口づけてくる。吐息を奪われながら彼の胸にしなだれかかると、もうそれだけで全身に火が灯《とも》るようだった。

「ん……う……」

とくとくと鼓動が駆け足になり、溶け合う微熱が喉《のど》へ流れ込んでくる。たとえ千回汚《けが》されようと、ただ一度の久弥の接吻《せっぷん》が佳雨の全てだった。快楽に慣らされた身体《からだ》が初心な羞恥《しゅうち》を纏《まと》うのも、決して手管《てくだ》や芝居なんかではない。恋い慕う男の体温は、それほど心をまっさらにしてしまうのだ。

「まいった、話が進まないな。おまえが殺し文句を言うせいだ」

「俺のせいですか」

「ああ。本当に厄介《やっかい》な恋人だよ。おまえの前じゃ、俺の理性など塵《ちり》も同然だ」

そういう割に、声音《こわね》は穏やかな響きに満ちている。久弥は凭《もた》れ掛かる佳雨を左手で抱き締め、右手でさらさらと流れる髪を愛撫《あいぶ》しながら言った。

「おまえも知っての通り、『百目鬼堂』は……いや、百目鬼家と言うべきか。とても古い一族でね、骨董商として看板を上げたのは安土桃山時代まで遡《さかのぼ》る」

「そんなに……」

「そして、もう一つ。表向きには出していない別の生業《なりわい》もあった。というか、もう一つの商売のついでに骨董商を始めたようなものなんだ」

「もう一つの……商売……？」

「いわゆる〝祓《はら》い屋〟だ」

祓い屋——とお腹《なか》の中でくり返し、佳雨はようやく久弥の言った意味が呑み込めた。

遊郭も神仏とは縁が深く、何かにつけて験《げん》を担いだり暦を気にしたりするが、そういう実体のないものを専門にしていたと言われればどうしたって怪しげな感じは拭《ぬぐ》えない。

「〝祓い屋〟って、あの呪《のろ》いとか憑《つ》き物《もの》落としとかの……ですか？」

「まぁ、今おまえが想像しているほど、おどろおどろしいものじゃないけどな」

くすりと笑って、久弥は先を続けた。

「我が家は先祖に特殊な霊能力を持った人がいて、直系は代々その能力を引き継いでいたらしい。もちろん数百年も昔のことで、年月と共に段々力は失われてしまい、俺なんぞ賭《か》け事《ごと》でも当たったためしがない。ただ〝祓い屋〟といっても百目鬼家は少々風変わりでね」

「と、仰いますと？」

「有《あ》り体《てい》に言ってしまえば、祓うのが目的ではないんだ。つまり、持ち込まれた曰くのある品を買い取り、祓ってまた売りさばく。それが骨董商の始まりなんだよ。付喪神《つくもがみ》の例じゃないが、古い品にはやはりいろいろな念が憑きやすい。しかも、職人の腕が良ければ良いほど不思議なものを呼び寄せる。まさに一石二鳥だったんだ」

「成る程……裏表、どちらの商売にも都合が良かったんですね」

「ああ。おまけに、売主は価値ある骨董を手にできるくらいだから、資産家や名家が勢揃《せいぞろ》いだ。お陰で祓い料は莫大《ばくだい》な額だったそうだし、先方がそのまま引き取ってくれと言えば仕入れ値は二束三文で済む。その後、憑き物の落ちた品が途方もない高値で好事家《こうずか》の手に渡り、『百目鬼堂』にはまた金が転がり込むという寸法さ」

「…………」

「曰くつきというだけあって、憑き物には持ち主一族と因縁のあった例が少なくない。名家にしてみれば醜聞だ。決して表沙汰《おもてざた》にはしたくない。祓い料には別途、口止めの意味も含まれていた。だから、『百目鬼堂』の主人は常に身の危険を感じていたそうだよ」

気のせいか、久弥の口調にはいくぶん自嘲《じちょう》が混ざっているようだ。しかし、彼のように心底骨董品を愛し、積み重なる年月に愛《いと》しさを覚える人間には、先祖のやり口はあまり感心できたものではなかったのだろう。

「では、『百目鬼堂』には昔から恨みを買う理由があったと……？」

「そういうことになるな。俺が今回特に騒ぎ立てしなかったのは、以前から思い出したような感覚で悪評がばら蒔《ま》かれた経験があるからさ。父の代、祖父の代でも同じだ。それだけ、あちこちに快く思っていない連中が残っている証《あかし》だろう。もっとも、今回のは少々性質《たち》が悪い。噂が下火になると、またどこからか再燃する。さすがにゲンナリしてきたよ」

「ですが、あまりに理不尽じゃないですか。ご先祖様も、骨董の曰くを盾に脅しをかけたわけではないでしょうに。むしろ、災いを祓って差し上げたんでしょう？」

「佳雨……」

「大体、それだって一昔も前の話だ。若旦那に罪はない。あんまりですよ」

心外な気持ちで憮然《ぶぜん》と呟《つぶや》くと、礼の代わりか優しくまた髪を撫でられた。

「ありがとう。おまえの言葉だけで百人力だ。こんなことなら、もっと早くに打ち明けて慰めてもらえば良かったな」

「茶化《ちゃか》さないでください。俺は真剣に……」

「わかっている。ただ、一族に降りかかる憂いというものは不思議と人を縛るんだ。先祖の受けた屈辱、恨みは子々孫々に受け継がれる。それだって逆恨みには違いないんだが」

「…………」

何だか、釈然としなかった。逆恨み、と久弥は言うがまさにその通りではないか。

かつての依頼人たちがどれほど由緒ある家柄だったか知らないが、一族の恥部が骨董の憑き物となり、それを『百目鬼堂』に祓ってもらうことで収めていたのなら感謝こそすれ恨む筋合いはないはずだ。確かに法外な料金は請求されたかもしれないが、それによって秘密が守られるのならお互い様と言うべきだ。

「醜聞の生き証人は、生かしちゃおけない。そう思い詰めるほど、様々な葛藤《かっとう》が憑き物の裏にはあったんだろうな。俺としちゃ、そちらには大いに興味があるね」

「若旦那まで、物騒なことを仰らないでください。噂だけで済んでいるのは、歴代のご先祖様が子孫を守ろうと努力なさった結果ではないんですか。それを好奇心で台なしにしてしまうなんて、あまりに勝手が過ぎるというものですよ」

「……驚いたな」

「はい？」

「父が、生前同じことを言っていた。俺が『百目鬼堂』の成り立ちについて初めて聞かされた時、あまりに荒唐無稽な気がして俄《にわ》かには信じられなくてね。俺の先祖は、そんな怪しげな商売をしていたのかと少なからず失望もしていたんだ。だから、少々開き直って訊いてみた。関《かか》わった骨董の売買記録はないのかと。そこに、祓った内容や依頼主の詳細が書かれているなら読んでみたい、とね」

それは、いかにも久弥が言い出しそうなことだと思った。

彼は世俗から一歩引いたような佇《たたず》まいを持ち、何事につけても熱くなるということがないと佳雨へ吐露したことがある。しかし、そういう男を現世の執着に留めていたのが骨董なのだ。現在は佳雨の存在も大きいと嬉しいことを言ってくれているが、「花魁姿のおまえも愛おしい」という愛《め》で言葉には、まさしく久弥が背負っている矛盾が感じられた。

（大門を自分の力で出て行きたい、そんな俺の意思を尊重してくださる心意気は有難《ありがた》い。だけど、普通は恋人が身体を売って暮らしているなんて耐えられないはずだ。俺がどんなに意地を張り通そうと、人によっては無理にでも請け出そうとするに違いない。まして、若旦那にはそれができるだけの財がおありになる……）

それでも、嫉妬の心を押し殺して久弥は通い続けてくる。他の男に抱かれに行く佳雨を、責めることもなく耐えて見送ってくれる。

それは、常人には理解し難《がた》い愛の形かもしれない。

だが、佳雨にはとうにわかっていた。

百目鬼久弥――彼でなければ、早晩この恋は終わりを告げていただろう。

（運命……だったのかもしれない。俺が、このお方と巡り会ったのは……）

一生を共に、と誓うのは実に容易《たやす》い。

けれど、売春を生業とする人間を心から受け入れるには恋情だけでは無理なのだ。多くはそこに同情や憐憫《れんびん》が混じるだろうし、庇護欲《ひごよく》や人によっては征服欲もあるかもしれない。しかし、佳雨はそういう相手と生きるのは真《ま》っ平《ぴら》だった。

けれど、久弥は違う。彼が佳雨を選んだ背景には、美への深い憧憬《しょうけい》がある。何物にも汚されない純白の覚悟と、苦界《くがい》を一人で生き抜くための強い意思。それらを包み込んで嫣然《えんぜん》と笑む、佳雨の外側だけではない美しさに惚れたのだ。

だから、耐えられる。

年季明けの七年を、愛だけで待つと口にできる。

(それもこれも……この方だったからこそ、なんだな……)

いつしか、溜《た》め息《いき》が零れ落ちていた。自分も久弥も、きっと人として何かが欠けている。けれど、身を焦がす想《おも》いを分かち合う相手を見つけることができた。だからこそ、彼は運命の恋人として自分を抱いてくれている。

「佳雨？　どうした、急に黙り込んで」

甘えるように額《ひたい》を胸に擦《こす》りつけたら、よしよしと手のひらが頰《ほお》を包んだ。幸せだ、と芯から呟き、佳雨は無言でそっと首を横に振った。

「それで、詳細は残っていたんでしょうか。若旦那はご覧になったんですか？」

「いや、なかった。後々の災いの種になりかねないと、仮にあっても処分されたんだろう。だが、父が亡くなった今、そのことを知るのは俺だけだ。父は、他にもいろいろ書類や書き付けの一部を燃やしていたので、蔵から盗まれた品にどういう曰くがあり、元の持ち主は誰なのか正確にはわからずじまいなんだ」

「え、でも、ちょっと待ってください。若旦那のお話じゃ、曰くつきの骨董は全て祓われて売られたんじゃなかったんですか。蔵には、どうして五品も保管されていたんでしょう」

「そこなんだよ。実はね、俺の先祖もさすがに万能ではなかったらしい」

「え……？」

悪戯《いたずら》っぽく久弥は答え、どういうことかと見つめ返す佳雨に微笑みかける。

「『百目鬼堂』の蔵は、代々の主人しか出入りできなくてね、俺も、父が亡くなってからようやく目録を目にすることができた。それで足りない五品に気づいたんだが……どうも、それらは魔が強すぎて祓いきることができなかったようだ」

「祓い……きれなかった？」

「ああ。そういう場合、一番手っ取り早いのは壊してしまうことなんだよ。偶然にも、これまで取り返してきた品々は全て途中で割れたり燃えたりしてしまっただろう？　けれど、骨董としては素晴らしい価値を持つ物ばかりだからな。一挙両得で始めた骨董商だが、先祖も自らの手で破壊するのは忍びなかったらしい」

「………」

「そんな危険なものを、と責められるのは承知の上だ。しかし、その気持ちは俺にもわかるんだよ。現に、俺も世に出してはならない、取り戻したい、とは思ったが壊してしまおうとは考えなかったからね。それに、いくら曰くつきだと言われても何世紀も前の話だ。真偽は定かではないし、実際にどんな影響が出るのか、あまりピンとこなかったせいもある」

「ですが、事実ご先祖様は蔵にしまいこんでいたんですよね」

これまで、青白磁の鉢では遊女の無理心中、梅花紋の花瓶では狂った殺人者、そうして漆《うるし》の文箱《ふばこ》では道を踏み外した人攫《ひとさら》いと、様々な犯罪に盗まれた骨董が関わってきていた。唯一無傷で戻って来た手鏡は、銀花の話では再び盗まれたという。それでも、久弥は「ピンとこなかった」などと悠長な言い訳を口にするのだろうか。

咎《とが》める佳雨の視線に苦笑し、久弥は言った。

「おまえが言いたいことはわかるが、全ては偶然で片付いてしまう程度のものだ。それに、俺は思うんだ。あれは手にした人間の心もち次第で、美の結晶にも憑き物付きにも変わるんだと。実際、花瓶を手に入れた夏目母子《おやこ》におかしな話は出なかっただろう？」

「それは……確かにそうですが……」

「だが、さすがに父もこのことは伝え残しておかねばと思ったようだ。後から、目録と一緒に五品の骨董に関する注意書きを見つけたよ。代々の『百目鬼堂』店主が、店を継ぐ際に目を通してきたものだ。あまりに古すぎて、解読するのにえらい時間がかかった」

「そういうことでしたか……」

千切れた紙片を合わせていくように、不明瞭だった部分が輪郭を露《あら》わにする。佳雨はほぅ、と息をつき、そうとわかれば盗まれた手鏡の行方《ゆくえ》を早く突きとめねば、と思った。

「若旦那、あの……」

「うん？」

「どうして、今夜になってそのお話を？　俺もあえて詮索《せんさく》はしてきませんでしたが、若旦那はあまり御自分のことはお話しにならないのに。いろいろ教えていただきすっきりしたついでに、そこまで話してくださった理由をお尋ねしてもよろしいですか」

いつまでも寄り添い、久弥の体温を感じていたかったが、頃合いをみて佳雨はゆっくりと身体を離す。話の内容が何であれ、触れ合っていれば淫《みだ》らな感情が生まれ、いつ理性を突き崩してしまうとも限らなかった。それほどに、自分は久弥の前では浅ましい。

しかし、想いは彼も同じだったようだ。

久弥はいくぶん淋《さび》しげな顔になり、今度は佳雨の手を取って己の太腿《ふともも》の上に乗せる。そこに自分の手を重ねると、行為とは裏腹の冷静な声音で説明を始めた。

「実は、鍋島様から買い戻した手鏡がまた盗まれた」

「……はい、聞きました。『瑞風館《みずかぜかん》』の銀花が、九条《くじょう》様から教えてもらったと」

「九条が？　おい、銀花っておまえと同じ男花魁だろう。あいつ、いつの間に廓通いなんて始めたんだ。しかも、非公式とはいえ俺が相談した内容を……くそ、刑事の風上にも置けない奴《やつ》だな。まさか花魁の気を惹《ひ》きたいがため、閨《ねや》で情報を漏らしたのか？　親友だと思って打ち明けた俺がバカだった」

「ち、違いますよ。九条様は、銀花の客ではないようです」

話が思いがけない方向へ逸《そ》れかけたので、佳雨は慌てて訂正をする。

「ただ、あの二人は以前の事件で九条様が色街へ聞き込みにいらした時、顔馴染《かおなじ》みになったとか。銀花は、暇さえできれば外を気儘《きまま》に歩き回っていますからね。顔を合わせる機会が、何度かあったようです」

「だからって……」

「俺が思うに、九条様は銀花に乗せられたんでしょう。あいつは口が上手《うま》いし、若旦那の情報を手に入れれば、俺より優位に立てると思っていますから。本当、花魁にしておくのが惜しいくらい、頭の回る男なんですよ。詐欺師になったって、食っていけます」

「幼馴染みなんだろう？　手厳しいな」

澄まし顔で辛辣《しんらつ》な口を利くと、くすくすと久弥が笑い出した。お陰で九条への文句はひとまず引っ込んだのか、そのまま本題へ話題が移る。

「実は、ようやく盗まれた手鏡らしき物を買い取った人物がわかったんだ。この点は、九条のお手柄なんだが……。それが、つい昨日のことでね」

「ははぁ、わかりました。もしや、新たな持ち主は色街のお客様なんですね？　それで、若旦那は俺に協力を頼みに登楼なさったんじゃないですか」

「いや、正直に言えば手鏡は口実だよ。おまえの顔を見るのが一番の目的だ」

「そんなに真顔で否定なさらなくても、別に責めやしませんよ。それに、あんたが俺に頼みごとをするなんて余程のことだ。察するところ、今回はさして危険な人物の手にあるわけではないんですね？」

口では軽く流しても、下心ありとわかれば拗ねたくもなる。佳雨は笑いながらねめつけると、するりと久弥の手の下から自分の右手を抜いた。

「おい、佳雨」

「危ない真似《まね》はしない。これが、あんたとの約束です。その上で俺に話を持って来たんですから、堂々とお役に立てるってものだ。『翠雨楼』のお客様ですか？　お名前は？」

「敵《かな》わないな……」

矢継ぎ早の質問に、とうとう久弥が降参する。彼は残りの酒をひと息に呷ると、やや真剣な面持《おもも》ちで口を開いた。

「魁星《かいせい》貿易という会社の社長でね、名前は三上洋太郎《みかみようたろう》という。彼が昨日、盗品流れとは知らずに手鏡をある骨董屋から買い取った」

「三上……洋太郎……それ、本当ですか？」

「ああ。どうも奥方にではなく、贔屓の娼妓《しょうぎ》への贈り物らしい。佳雨、おまえならもうわかるだろう？　三上氏は、梓の客なんだ。手鏡は、梓へ贈られているんだよ」

「…………」

そんな、と声に出そうとしたが、喉につっかえて音にならない。

よりにもよって、三上は梓が怒らせた相手だ。そのためひどい折檻を受け、夏目との繋《つな》がりは一切絶たれてしまった。三上の寵愛《ちょうあい》は変わらず、その後も通ってきていると聞いているが、手鏡は恐らくご機嫌取りだろう。

「曰くつきの手鏡が……梓の元に……」

「佳雨……？」

尋常でない様子の佳雨に、久弥もおかしいと気づいたようだ。多分、彼は『松葉屋《まつばや》』での騒動を知らないに違いなかった。ここ数日は手鏡の行方を躍起になって探していて、色街へ来るどころではなかったはずだ。

（梓……）

やにわに、不吉な予感が胸を貫いた。

『あれは手にした人間の心もち次第で、美の結晶にも憑き物付きにも変わるんだと』

そう言った久弥の言葉が、脳裏でぐるぐると回る。

何も起こらなければいいがと、祈るように佳雨は唇を噛《か》んだ。

佳雨が座敷へやってくるのと入れ替わりに出てきた希里は、見世の人間の目を盗んで自分へ振り当てられた部屋へ戻っていた。

(佳雨の奴、一番客が若旦那で上機嫌だったな。何せ十日ぶりだもんなぁ)

普段に輪をかけて綺麗だった彼に、「現金な奴」と苦笑する。

部屋といっても元は納戸で、人一人が横になるのがせいぜいの粗末な空間だ。昼でも薄暗いわ湿気はあるわで、お世辞にも快適な環境とは言えなかったが、それでも雑魚《ざこ》部屋で寝起きを一緒くたにされている女の禿よりよっぽどマシだった。

(結局、話しそびれちまったな……)

モヤモヤとした思いを抱え、隅に畳んである布団の一番下へ右手を滑り込ませる。引《ひ》き摺《ず》りだした紙片はすっかり皺《しわ》くちゃになり、端が破けてしまっているが、先日からずっとこれを佳雨へ見せたものかどうか、答えを出しあぐねているのだった。

(けど、このまんま黙ってたら梓はどうなるんだ？　あいつ、口では強気なことを言ってるがだいぶん弱っていた。俺がこの手紙を見せたら、顔色がいっぺんで変わったもんな)

本当は、すぐに燃やさねばならない手紙だ。万が一にも見世の人間に見られたら、今度こそ梓はどうなるかわからない。いや、蒼悟《そうご》からの手紙を取り次いだ咎で希里だって無傷では済まないだろう。折檻には慣れているし、まさか殺されやしないだろうが、それでまた佳雨が悲しむかと思うと気が引ける。

（今夜、若旦那が帰ったら……そうしたら、続きを話そうって言ってた。そうだ、それまでの辛抱だ。この手紙を佳雨に見せて、あいつから梓を止めてもらおう）

佳雨のお下がりの着物は、相変わらず着ていて居心地の悪い女物だ。くちなし色に赤の絣《かすり》柄《がら》、帯も晩秋を思わせる深い赤で、あまりの愛らしさに他の禿たちがこぞって羨《うらや》ましがっていた。生憎《あいにく》と希里には良さがちっともわからないが、すぐ取り出して佳雨へ渡せるよう、帯の隙間《すきま》にこっそり手紙を挟んでおく。女物の着物は布地がたっぷりで、物を隠すにはちょうど良かった。

（あ、いけね。もう八時になる）

あまりサボってはいられないと、慌てて部屋を飛び出した。佳雨の用事がない時でも掃除やお運び、客の案内など、やることはゴマンとあるのだ。特に夜見世が開いて徐々に色街が活気づくこの時間帯は、毎晩目の回るような忙しさだった。

「あっ！」

「……おや」

登楼客の履物を磨くのは、比較的好きな雑用だ。二階から階段を駆け下りた希里は、折しも見世から出て行こうとする梓の一行と鉢合わせをした。幼い禿を二人引き連れ、遣《や》り手婆《てばば》のトキに誘導されながら、恐らくは引手茶屋《ひきてぢゃや》まで呼ばれて向かうところだろう。一昔前なら花魁道中と気張るところらしいが、現在はそこまで物々しい真似はしないのだそうだ。

「へぇ、希里も見送ってくれるんだ。わざわざ駆けてくるとは、ご苦労様」

「べ、別にたまたま……」

人前ということもあるだろうが、布団部屋での殊勝さはどこへやら、だ。しかし、橙《だいだい》に染められた打ち掛けの可愛《かわい》さは、佳雨とはまた違った存在感で梓を引き立てていた。もとから西洋の人形めいた大きな瞳が特徴で、豊かな表情とそこはかと漂う育ちの良さが梓の大きな魅力となっている。そんな彼に、柑橘《かんきつ》の温かな色味はとてもよく似合っていた。

「あのさ」

気まずく目を逸らす希里に、素早く声を落として梓が囁いた。

「余計なこと、言わないようにね。僕はもう決めているんだから」

「え……？」

ドキリと問い返したが、すでに梓はツンと横顔を向けている。甘い美貌《びぼう》に映える煌《きら》びやかな容姿からは、緋襦袢《ひじゅばん》一枚で震えていた惨めさの片鱗《へんりん》もうかがえなかった。

「決めているって……」

それは、はたしてどちらの意味なのだろう。

蒼悟の申し出を受けるのか、それとも蹴《け》ってしまうのか。

「梓、おまえは……」

「こら、希里！　何をボーッと突っ立ってんだい。今日は革靴のお客様が多いから、急がないとお帰りに間に合いやしないよ。ほらほら、さっさと動くんだね！」

二人の会話を咎めるように、トキが忙《せわ》しなく割り込んでくる。買われてきた当初に反抗的な態度を取ったせいか、彼女は希里を毛嫌いしていた。ギロリときつく睨《にら》まれて、仕方なく話しかけるのを諦《あきら》める。どのみち、自分の言葉になど梓は耳を傾けないだろう。

（どうしよう……）

出入りの若い衆に頭を小突かれながら、半分上《うわ》の空で靴を磨き終える。一時間ほどかかったが、そろそろ久弥も出てくる頃合いだった。居続けでもなければ、売れっ妓《こ》の佳雨を長時間は独占できない。嘉一郎《かいちろう》の機嫌を損ねるのもまずいので、最近は少し控えているとも聞いていた。先だって久弥の見合い話が持ち上がり、動揺した佳雨が大事な馴染み客の前で失態をしでかすという出来事があったため、逢瀬には余計に慎重になっているらしい。

もし佳雨が座敷を移るなら、その前に手紙を渡す時間くらいはありそうだ。希里はおもむろに立ち上がると、今度は回れ右で階段を勢いよく駆け上がった。

「ああら、希里ちゃん。元気いいわねぇ」

客の腕に絡みつき、陽気な色香を振り撒《ま》いていた白玉《しらたま》がすれ違いざまに声をかける。希里は一瞬立ち止まり、「百目鬼の若旦那は？」と彼女に尋ねた。

「見かけたか？　もう帰ったかな？」

「え？　若旦那？　さぁ、どうかしら。でも佳雨ちゃんなら、さっき早足で廊下を渡ってたんの見たわよ。今夜も、三人くらいは回してんじゃないかな。人気者だからねぇ」

「ありがと！」

廊下を渡る、ということは本館ではなく増築した新館の方の座敷かもしれない。希里は礼を言い、座敷に入る前に佳雨を捕まえなきゃ、とひたすら急ぐことにした。


おや、と『翠雨楼』を後にした久弥は、背後から自分を追い越した背中に目を留める。見世から飛び出してきたその相手は、あっという間に人込みに紛れてしまった。

「希里……？」

見覚えのある小柄な身体は、間違いなく希里だろう。可愛らしいくちなし色の着物と赤い帯は少女の物なのに、豪快な走りっぷりはどう見ても少年の凛々《りり》しさだ。どこか尋常でない様子がどうにも気にかかり、急いで後を追ってみることにした。

大通りの賑《にぎ》わいを縫い、人の間をかき分けて久弥は進む。幸い希里はすぐに走るのを止《や》めたらしく、二十メートルほど先を歩いていた。

居並ぶ遊郭の淫靡《いんび》な灯《あか》りや、酔客目当ての屋台ののぼり、それらを雑然と包むのは不夜城ならではの猥雑《わいざつ》な空気だ。十四の子どもがうろついていて良い場所ではないが、希里はすっかり馴染んでいるのか臆《おく》することなく色街の外れを目指していた。

「佳雨に用事でも頼まれたかな。でも、それにしては……」

やがて周囲に人気《ひとけ》も絶え、ひっそり祀《まつ》られた小さな稲荷《いなり》神社に出る。提灯《ちょうちん》に火こそ入っているものの稼ぎ時に参拝する者などいるはずもなく、ますます久弥は不可解に思った。お使いでもなさそうだし、こんな淋しい場所に何の用事があるのだろう。

「……あ」

声をかけようかどうしようか、と悩んでいた直後、いきなり境内《けいだい》の隅に希里がしゃがみ込んだ。予想外の行動にますます困惑し、久弥はひとまず様子見をする。すると、恐怖と嫌悪を滲《にじ》ませて希里が「俺は嫌だ……！」と小さく叫ぶのが聞こえた。

「嫌だ嫌だ、絶対に嫌だッ。俺は死んだって、あんなのは嫌だッ」

くり返される拒絶の言葉は、一体誰に向けられたものなのか。語尾は震え、終《しま》いには涙声になりながら、希里は両膝《りょうひざ》を抱えたままひとしきり闇《やみ》の中で丸まっていた。

（これは……ひょっとして……）

あまりの拒絶ぶりに（ははぁ）と想像が働き、久弥は一人納得をする。

もとから希里は男花魁という存在を受け入れられず、ましてや自分がそうなるのは御免だと嫌悪を隠しもしない。生意気な態度に加えて頑固な性格だと、再三佳雨を悩ませていたのだ。彼からちょくちょく話を聞いていた久弥は、希里が見たくない場面に遭遇した衝撃で堪えていた思いを爆発させたのでは、と推理した。

『根性がなっちゃいない、と叱《しか》るのは簡単です』

やれやれ、と嘆息した後、憮然とした口調で佳雨は言っていた。

『けど、理屈で納得させようったって所詮《しょせん》は無理な話なんですよ。俺たち男花魁は、世間の常識や理《ことわり》を無視した生き物ですからね。どれだけ屁理屈《へりくつ》を並べたって無駄でしょう？』

根が逞《たくま》しい彼は明るく笑っていたが、まだ色街へ来て半年かそこらの希里には外国へ来たくらいの心細さがあったに違いない。しかも、いずれはその仲間入りだよとさんざん覚悟を促されてきたのだ。

（梓は東京の子だから馴染むのも早かったが、希里にはそもそも色街の存在自体が嘘にしか思えないんだろう。そこへもってきて、男花魁だ。混乱するのも仕方ないか……）

佳雨の側《そば》で働くようになって少しずつ心を開いてはきたものの、一朝一夕で価値観が引っくり返るわけもない。しかし、来年には新造出《しんぞだ》しがあり、十六か十七になれば水揚げだ。いつまでも「生意気な小僧」では済まなかった。

「――希里」

激昂《げっこう》が収まるのを待って、静かに名前を呼んでみる。

びくりと華奢《きゃしゃ》な肩が反応し、潤んだ大きな瞳がおそるおそるこちらを見た。

「わか……だんな……？」

「悪いな、一人のところを邪魔するよ。こんな時間に人気のない境内にいるのは、どうにも見過ごせなくてね。色街には、いろんな人間が集まる。物騒な輩《やから》もたくさんいるんだぞ。まして、おまえは見目が良い。悪戯心を起こす与太者《よたもの》が出るかもしれない」

「俺の見目？　よせやい、世辞なんかいらねぇよ。大体、皆して俺を〝ごぼう、ごぼう〟ってバカにするんだぞ。黒くて細くて愛想もねぇってさ」

八つ当たりのように嚙みつかれ、久弥はホッと胸を撫で下ろす。

どうやら口が達者なうちは、まだ大丈夫なようだ。憎まれ口を叩いたのに苦笑され、希里はますます仏頂面《ぶっちょうづら》になった。

「何があった？　佳雨の手伝いはしなくていいのか？」

屈《かが》んで話しかけると、嫌な記憶が蘇《よみがえ》ったのか苦い色が顔に浮かぶ。それだけで、久弥は自分の想像が正しかったことを確信した。

「そうか……もしやとは思ったが、おまえ……」

「…………」

「見てしまったんだな、閨の様子を」

返事はなかったが、肯定するように希里の表情がみるみる歪《ゆが》んでいく。だが、久弥とて冷静な態度を保つのには鋼《はがね》の理性が必要だった。娼妓が客と寝るのは当たり前とはいえ、佳雨とはほんの三十分前まで一緒に過ごしたばかりだ。

「俺、そういうのは慣れたと思ってた。廓で寝起きしてりゃ姐《ねえ》さんたちの変な声とかしょっちゅうだし、俺のことをからかおうとわざと胸をはだけさせたり、腰巻一枚の恰好《かっこう》で廊下に出てくる女もいたからさ」

「う……まぁ、おまえも子どもとはいえ男だからな……」

どう答えたものかと軽く動揺しつつ、努めて無難な返事に逃げる。退屈している遊女たちにとって、無害な存在でありつつ『男』の希里は暇潰《ひまつぶ》しにはもってこいなのだろう。

しかし、何と言っても多感な年頃だ。内心気の毒に思っていると、案外けろりとした様子で彼は言った。

「でも、俺は全然気になんなかった。俺の村には夜這《よばい》の風習があったし、女たちも赤ん坊に乳を含ませながら畑仕事するのが普通だ。今更、女の裸で驚いたりしねぇよ。だけど……」

「だけど……佳雨は別か？」

先を言い澱《よど》む希里に、溜め息をつきつつ久弥は言った。

「それはそうだな。男が男に抱かれるって場面も、さすがに見たことはなかったろうし」

「……あんなの佳雨じゃない」

ポツリと、膝の上に呟きが零れ落ちる。よく見れば、布には涙の染《し》みができていた。久弥は自身の胸の痛みを何とかやり過ごし、希里の傍らに同じような姿勢で座り込む。痛みの種類こそ違うが、言葉にできない切なさは一緒だった。

「嫌だ、あんなの。同じ男にいいようにされて、女みたいな声を出すなんて。花魁だ何だって偉そうに澄ましていても、布団の中じゃ奴隷とおんなじじゃないか。惨めだ。俺は、あんなことを我慢するくらいなら死んだ方がいい」

「じゃあ、おまえは佳雨に言えるのか？　〝あんたは奴隷だ、死んじまえ〟って」

「え……」

「言えるのか？」

重ねて問いかける声音が、自分でも戸惑うほど研ぎ澄まされている。責めるでもなく諭すでもなく、ただ正面から真《ま》っ直《す》ぐに久弥は希里に語りかけた。

「立場の違う俺が、ああだこうだと説教する気はないよ。希里の苦しみは、希里だけが背負わなきゃならない。誰も肩代わりはできないからね」

「若旦那……」

「おまえが言ったように、〝奴隷だ、惨めだ〟と自分を憐《あわ》れんで、自ら命を絶ってしまう遊女は色街にはたくさんいる。それほど、『金で買われる』ということは人の誇りを蝕《むしば》む行為なんだろう。でもな、一方では歯を食いしばって生き抜く者もいる。どんな悪意にも汚されまいと、自分自身に強く誓っている者たちだ」

「………」

「佳雨は、間違いなくそういう一人だと思わないか？　だから、俺は彼が惨めだとは欠片も考えたりはしない。こうしている間も他の男が、というのは正直面白くはないが、それはまた別の問題だ。あいつは、何があろうと奴隷になぞ堕《お》ちはしないよ」

真摯《しんし》な言葉を受け止めて、しばし希里は沈黙する。

大きな黒目は困惑に染まり、すぐには納得しそうもなかったが、頭が冷えたせいもあって少なくとも自棄を起こすのはやめたようだ。

「俺……」

希里は何度か瞬《まばた》きをし、何かを言いかけては唇を止める。上手く言葉が繋がらないので、歯がゆそうにしている様子が愛らしかった。

「俺さ、佳雨に伝えなきゃいけないことがあったんだ」

「うん？」

「それで、ちょっと焦《あせ》っていきなり座敷へ飛び込んだ。まさか、もう床入《とこい》りしているとは思わなくてさ。だって、普通は……その、酒を飲んだり佳雨の三味線を聴いたり、事前にいろいろやってるもんだろ。それだから、ホントにびっくりして……」

「まぁ、帰ったら間違いなく大目玉だな。仕方ない、礼儀知らずな真似をしたんだから」

わざと脅すような物言いをすると、希里は憂鬱《ゆううつ》そうに眉根《まゆね》を寄せる。久弥は笑い出したいのを我慢して、今度はやや柔らかな声音で言った。

「それで、伝えたいことっていうのはもういいのか？　おまえがそこまで言うなら、よほど大事な用件なんだろう？」

「それなんだけど……」

希里は帯の隙間に指を突っ込むと、折り畳んだ紙片を取り出してみせる。

「若旦那、『松葉屋』の一件は聞いてるか？」

「『松葉屋』？　あの引手茶屋の？　いや、このところ色街はご無沙汰だったからな」

「梓が馴染み客との座敷を脱《ぬ》け出して、夏目って間夫と逢引《あいび》きしてたんだ。それがバレて、えらい騒ぎになったんだよ。夏目は色街への出入り禁止、梓は二日間折檻された」

「なん……だって……」

「ずっと続いていた手紙のやり取りも、全部禁じられたんだ。佳雨はすごい心配して何とか力になりたいって言ってたけど、楼主のクソ爺が目を光らせててさ。あのジジイ、男花魁同士が知恵をつけあうと、後々面倒の元だと思ってんだって」

抜け目のない嘉一郎ならさもありなん、と久弥は頷き、それならば先ほど座敷で梓の名前を出した時、どうして佳雨は何も言わなかったのかと情けなく思う。だが、終わってしまった事件のことをついで話にするには、あまりに内容が重かった。多分、手鏡のことで頭が一杯な久弥には、言うに言えなかったのだろう。

「それで？　梓は大丈夫なのか？　もう見世には出ているのかい？」

「ああ。さっきも、借り物の禿を引き連れて『松葉屋』に出かけていったよ。表向きは何も変わっちゃいなかったけど、俺、何だか不安になって……」

「何故《なぜ》だい？」

「――これ」

そこで、彼はぶっきらぼうに紙片を久弥の目の前に突きだしてきた。

「これは……手紙……か？」

「うん。花屋の丁稚が、梓の間夫に頼まれたって言って俺に言付けたんだ。ちょうど裏口から俺が出てきたところを捕まえて、梓に渡してくれって小声で囁いて。本当は梓が読んだら俺が持ち帰って処分するつもりだったんだけど、書いてあることがちょっと気になってさ……」

「貸してくれ」

他人の手紙を盗み見するのは気が引けるが、そんな悠長な場合ではなさそうだ。久弥は紙片をひったくるように手にして立ち上がり、提灯の赤い光の下で目を凝らす。紙は普通の大学ノートを破ったものだったので、きっと手持ちの物で急いでしたためたのだろう。そこには夏目の人柄を偲《しの》ばせる繊細な文字で、驚愕《きょうがく》の内容が書かれていた。

「――駆け落ち……？」

まさか、と我が目を疑い、久弥はしばしばと瞬きをする。

だが、何度読み返しても文面は変わらなかった。夏目は二人の今後を憂い、海外へ留学するのは良い機会だ、何とか梓の分まで旅券と費用を工面するから一緒に逃げよう、と熱い想いを綴《つづ》っている。全て自分が用意するので、身一つで逃げておいでと待ち合わせの日時や場所まで指定されていた。

「まさか……夏目くんが……」

「どうしよう、若旦那。やっぱり佳雨に相談した方がいいよな？」

「希里……」

詰め寄る瞳が不安に揺れ、先刻とは別の憂いで翳《かげ》っている。恐らく希里は何日も悩み、一人で悶々《もんもん》と迷い続けていたに違いない。佳雨に言ったところで何が変わるのか、ただ悪戯に彼を混乱させるだけではないか。そんな思いもあったろうし、自分が告げ口することで梓の幸せを壊すかもしれない、という恐れもあっただろう。

だが、今更ここで口にするまでもなく娼妓の脱走は重罪だ。

見つかれば三日三晩の地獄の責め苦が待っており、不幸にして命を落とす者だっている。梓は金を生む花魁なので嘉一郎も手心は加えるかもしれないが、それとて「いっそ死んだ方が良かった」と思うような生活が始まるだけだ。

四六時中監視され、誰とも心を通わすこともなく、男と寝るのをくり返すだけ。自由は全て奪われ、どんなひどい客でも取らされるだろう。雑巾《ぞうきん》を絞るようにこき使われ、これ以上は稼げないと見切りをつけられた後は河岸《かし》の女衒《ぜげん》に売り飛ばされるのだ。

「夏目くんも、どうしてこんな……何を血迷っているんだ、彼は！」

無性に怒りがこみ上げて、思わず声が荒くなる。

久弥の知る蒼悟は、確かに熱いものを胸に秘めた情熱家だ。だが、自分だけでなく梓まで危険に晒《さら》すような計画をどうして実行しようなどと思ったのか。

「若旦那、俺はどうしたらいい？　この手紙、佳雨に見せてもいいかな？」

「…………」

「なぁ！　あんたが決めてくれよ！　俺、もうどうしていいかわかんねぇよ！」

ついには希里まで取り乱し、半分潤んだ声で訴えてきた。

しかし久弥は即答を避け、手紙を握り締めたまま懸命に考える。ここで自分が下した采配《さいはい》が、人の運命を大きく左右するかもしれないのだ。

「手鏡が……――」

ハッと、恐ろしい可能性に気がついた。

そうだ、梓の元には例の盗まれた手鏡が贈られている。あるいは、早晩彼のものになる。取り返すべく佳雨の協力を求めたが、希里の話によれば男花魁同士は気楽に会える立場にはないらしい。そうなると、また佳雨が無茶をしないとも限らない。

「手鏡？　それが駆け落ちに関係あるのか？」

釈然としない面持ちの希里に、久弥は手っ取り早く説明をした。盗品の手鏡は魔を秘めており、心に強い欲望を持つ人間を巧みに破滅へ誘導する。今の梓が持っているには、非常に危険な品なのだ、と。

「じゃあ、若旦那はそれを取り戻したいんだな？」

「ああ」

信じる信じないは、希里の自由だ。そう覚悟して話したが、実際に文箱の事件の時に彼も被害に遭っているせいか頭から笑い飛ばしたりはしなかった。それどころか妙に得心のいった表情で「そういえば」と口を開く。

「今夜、梓が『松葉屋』に出かけたのは三上って客が呼んだからかもしれない。そいつ、最近はよく引手茶屋を利用するんだ。梓に入れあげてる割には、遊郭に頻繁に出入りしている姿を決まり悪いと思い始めたみたいでさ。そのくせ、梓の逢引きが発覚した時なんか人目も憚《はばか》らずに逆上して、それはもう取り成すのに苦労したって話だよ」

「まずいな。夏目くんが駆け落ちの決行日と定めたのが、手紙によると二週間後だ。そんなに早く旅券が発行されるはずはないんだが、まさか偽造する気じゃないだろうな」

「今晩、梓の手に手鏡が渡ったら、もしかして梓はおかしくなっちゃうのか？」

「それは……わからない。何も変わらないかもしれないし、そうであってほしいとは思うんだが……。しかし、どのみち手紙の件は佳雨に内緒というわけにはいかないだろう。後から知った時、自分だけが蚊帳《かや》の外だったと己を責めかねないからね。あいつは、そうやってすぐ責めを負おうとする良くない癖がある」

「…………」

先刻の衝撃的な場面を思い出したのか、巡り巡って再び暗い顔になる希里へ久弥は元気づけるように笑いかけた。

「心配するな。おまえが事前に教えてくれたお陰で、きっと良いように運ぶから。いや、必ず運んでみせる。俺は、これから夏目くんの説得に当たってみよう。佳雨だって、みすみす梓を危ない方向へは行かせないさ。二人きりで会うことさえできれば、梓はとても佳雨に懐《なつ》いているからね。彼の言うことなら、耳を貸すかもしれない」

「二人きりで……会う……」

「それには、おまえの力が必要になるはずだよ、希里。すぐに佳雨と顔を合わせるのは気まずいかもしれないが、ぐずぐずしていれば梓はどんどん頑《かたく》なになる。皆のために、一肌脱いでやっちゃくれないか？」

「……うん、わかった」

こくりと素直に頷き、希里は久弥に手紙を預ける。気がつけばだいぶ夜も更け、どこで油を売っていたと、廓の者に彼が叱られるのは必至だった。

「何、気にすることはない。俺が、話し相手におまえを引き止めたのだと説明しよう。それじゃあ、一緒に戻ろうか。大丈夫さ、心づけを弾めば誰もおまえに文句は言わない」

「あの……若旦那はさ……」

「ん？」

差し出された手を取って、まるで年の離れた兄弟のように歩き出す。希里はこそばゆい気持ちを隠すように、殊更《ことさら》無愛想に尋ねてきた。

「佳雨と、その、逃げようって思ったことはないのか？　一度も？」

「……逃げる……」

「あ、いや、若旦那の決心は前に聞いたけどさ。そんでも、気の迷いっていうか」

「気の迷い……」

「ああ、もういいよ。何でもねぇっ」

耳まで赤くなって俯《うつむ》く様子は、バカな質問をしたと後悔しているようだ。

久弥は柔らかな微笑を浮かべると、色街を淡く照らす満月を黙って見上げた。


なんて美しいんだろう、と梓は手鏡を眺めてうっとりする。

普通はそこに映る己に見惚《みと》れているのかと思われるところだが、見つめているのは裏側の沈金《ちんきん》で細工された部分だった。桜と月が神秘的に描かれ、さながら日本画のような奥行きを見せている。金箔《きんぱく》や銀箔も効果的にあしらわれ、繊細でありながら豪奢《ごうしゃ》な逸品だ。

「ありがとうございます、三上様。こんな大層な品を、僕のために」

振り返って微笑みかけるその先には、絹の艶めかしい布団と自分を待つ三上がいた。引手茶屋で宴《うたげ》を満喫した後、そのまま梓を買い占めたのだ。緋襦袢一枚の細い身体を、彼は美術品でも愛でるように目を細めて堪能《たんのう》していた。

「こんなに良くしてくださる価値なんて、僕にはもうないのに。三上様に恥をかかせて、さんざん申し訳ない真似をしたんです。それなのに、変わらず優しくしてくださる」

「ああ、もうそのことはいいよ。こうして、おまえはおとなしくここにいるのだし。それより、正直びっくりだね。おまえが、そうまで気に入ってくれるとは思わなかった」

「だって、本当に綺麗な鏡じゃないですか。見ているだけで惹き込まれます。僕なんかには勿体《もったい》なくて、ほら、こうして持っていると手が震えてきそうです」

「しおらしいことを言うね、梓は。さぁ、もう鏡はいいだろう。早いとこ、こちらに来るといい。すっかり身体が冷えてしまったんじゃないのかい？」

口先ではこちらの身を案じているが、三上の目はもう欲情に染まっている。さぁさぁ、と急《せ》かす声音は嫌らしく上《うわ》ずり、父子《おやこ》ほども年の違う娼妓に溺《おぼ》れきっているのは明白だった。

「はい、今行きます。ちょっと待ってください」

にこりと愛想笑いを浮かべ、梓は丁寧に鏡を包み直す。良い出物があったんだよ、と三上が意気揚々と渡してきた時はまったく興味がなかったのに、一旦《いったん》包みを解いて視界に入れた瞬間から、かちりと胸の奥で何かが音をたてた。

そうしたら、無性に鏡が——夏目が愛おしくてたまらなくなったのだ。

（蒼悟さん……僕を連れて逃げるって言ってくれた。二人でドイツへ行こうって）

布団に近づくや否や乱暴に引きこまれ、滾《たぎ》った欲望を愛撫するよう命じられる。梓は心を殺して一つ息を吸うと、自分は玩具だ、と思い込もうとした。

そう、今の自分はただの玩具《おもちゃ》で、本当の身体は別にある。そこには夏目がいて、優しい体温で包み込んでくれるのだ。二人きりで誰に遠慮することもない、好きなだけ抱き合い、愛し合える場所。彼は、もうすぐ自分をそこへ連れて行ってくれる。二つに分かれた梓は一つに戻って、何の憂いもなく生きていけるはずだ。

（絶対に行くんだ。もう、こんな暮らしは耐えられない。僕は人間じゃない。玩具だ）

最早、三上には嫌悪しか感じなかった。騒動の前までは良いところだけを見て、それなりに己をごまかしながら務めをはたしてきたが、すでに限界を超えている。こみ上げる吐き気を堪えながら、梓はひたすら鏡と夏目のことを想った。

「ああ、おまえは本当に可愛いね。梓……梓……」

感極まったようにくり返す、三上の声はもう獣《けもの》の鳴き声にしか聞こえない。

きっと逃げてやる、と梓は誓い、そのためなら何だってする、と深く心に決めた。

蒼悟の家は、下町の長屋の一角だ。元は母親と二人暮らしだったが、母親が病死した後は引き継いで一人で住んでいた。住居には金をかける余裕がないのか、独身男性のわび住まいといった様相で質素の一言に尽きるが、蒼悟自身は貧しいながらも清潔できちんとした服装を崩さず、本人の資質も相まって近所での評判も上々だった。

「でもねぇ、何があったか知らないけど、ここんとこちょっと人が違ったようになっちゃってね。険しい顔つきで、挨拶《あいさつ》もろくにしなくなっちゃって。どうしたんだろうって、皆で心配してたんですよ」

家を訪ねたが生憎留守だったので、久弥は仕方なく通りかかった近所の女性に蒼悟の様子を尋ねてみる。すると、年配の彼女は待ってましたとばかりに声をひそめ、案の定な内容を話してくれたのだった。

「つい昨日なんか、見るからに怪しい風体《ふうてい》のヤクザもんと立ち話してたりね。まぁ、あの真面目《まじめ》な子が、本当にどうしちゃったんだか。借金でもしてなきゃいいんだけど」

「借金？　彼、そんな話をしていたんですか？」

「いえね、一人分が幾らだとか、コソコソと揉《も》めてたみたいですよ。詳しいところまでは聞こえなかったけど、良くない相談事には違いないね。お兄さん、あの子の知り合いなら何とかしてやってちょうだいよ。根は優しい、母親思いの良い子だったんだから」

「はぁ……」

どうやら、久弥の悪い想像は当たっていたらしい。恐らく、蒼悟は梓の旅券を非合法な手段で取得しようとしているのだ。しかし密出国は重罪だし、見つかれば廓の折檻どころの騒ぎではない。あいつは正気なのかと、段々腹が立ってきた。

――と。

「あら、蒼悟ちゃん。お帰りなさい」

慌てて取り繕うような猫なで声を出し、女性がそそくさと去っていく。見れば、すっかり思い詰めた眼差しの蒼悟が、こちらを呆然《ぼうぜん》と見返していた。

「何を……しにいらしたんですか」

「蒼悟くん、久しぶり。いや、君がドイツに留学すると小耳に挟んでね。素晴らしいことだと祝いを言いに来たんだよ。俺は君の演奏を一度も聴く機会がなかったが、どうだろう。時間があるなら、これから我が家で一曲聴かせてはもらえないかな」

「…………」

ちら、と素早く移した視線の先で、久弥は蒼悟が右手に提げていたヴァイオリンケースを目に留める。レッスンの帰りだろうか、と訝《いぶか》しんだが、それにしては帰りが早すぎるような気がした。時間を確かめるまでもなく、まだ昼をようやく過ぎたばかりだ。

「もしや……」

嫌な予感に一歩距離を詰めると、怖れるように蒼悟が一歩たじろぐ。その不審な態度だけで、久弥には充分彼が何をしてきたのか察することができた。

「君、どういう了見なんだ。これからヴァイオリンで身を立てようって人間が、どうして命より大切な楽器を質《しち》なんぞに……」

「だから、どうしてもできなかったんです！」

「え……」

「一時的にまとまった金が必要で、それでどうしようもなくて朝一番で質屋へ……でも、いざとなったらどうしても暖簾《のれん》をくぐれなくて。百目鬼さん、僕は卑怯者《ひきょうもの》です。大事な人を自由にするために、自分の道具一つ手離せない。軽蔑《けいべつ》してください！」

「蒼悟くん……」

眼鏡《めがね》の奥で歪んだ瞳は、悔し涙と自己嫌悪に満ちている。蒼悟と梓は穏やかに愛を育《はぐく》んでいっているものとばかり思っていたが、追い詰められた彼の言動はそんな悠長な幻想を打ち砕いて余りあった。

「百目鬼さん……僕は、あまりに現実を知りませんでした」

顔を背けたまま、苦々しい口調で蒼悟は言う。

「僕は、梓のために何もしてやれない。あの子が僕を待っている年月、どれほど辛い目に耐えなきゃならないのか、ちっともわかってやしませんでした。せめて貴方《あなた》のように通うことができれば、折々に話を聞くこともできる。だけど、貧乏な僕にはそれさえできません」

「しかし、君にはヴァイオリンの才能がある。頑張り次第では、梓を迎えに行くのもそう遠い未来ではないだろう。今、何とか堪えるわけにはいかないのか？」

「堪える……？　百目鬼さん、正気で仰っているんですか」

ようやくこちらへ向き直った顔には、自嘲めいた笑みが刻まれていた。いつにない迫力に久弥は言葉を失い、これは自分の知っている蒼悟ではない、と確信する。『松葉屋』での一件は又聞きに過ぎないが、こちらの想像を遥《はる》かに超えた修羅場があったのだろう。

「貴方は、御自分の目の前で佳雨さんが男に組み敷かれても同じことが言えますか。ええ、娼妓はそれが商売です。いちいち咎めていては間夫など務まらないでしょう。それでも、想像と現実では天地ほども違います。まして、梓は泣いていました。後生だから、ここではやめてくださいと……あの気の強い子が、大きな涙を次々に零して懇願していたんです」

「…………」

「その間、僕はどうしていたと思います？　『松葉屋』の人間に押さえ込まれ、身動き一つ取れませんでした。いっそ殺された方がマシだった。どんな綺麗な約束事も、あの瞬間に僕の中では意味を為《な》さなくなりました」

きっぱりと言い切る言葉には、憎しみが滲んでいる。だが、それは蒼悟自身へ向けられた憎悪だった。無力な自分の迂闊《うかつ》な行動が、愛する人を絶望に叩き落としたのだ。蒼悟は、その報いを何としても受けねばと思い込んでいるようだった。

「僕は梓が愛しい。誰より幸せにしたい。そのためなら、僕の誇りや俠気《きょうき》などドブに捨てても構わない。万が一、あの子が僕に幻滅し、愛想を尽かすような人間に成り果てても、それで梓の幸福が得られるなら手段は問いません」

「いや、それは違う。蒼悟くん、思い違いをしてはダメだ。君の転落する姿こそ、梓を不幸にするとは考えないのか。どうか冷静になってくれ」

「貴方のように恵まれた方に、僕の気持ちはわかりません！」

「…………」

「理想だけで、愛は育たないんだ。僕は、そのことを思い知りました。お願いですから、邪魔をしないでください。もう僕なんぞに構わず、貴方は佳雨さんの幸せだけを考えてあげてください。あの人だって、どんなに強がっていても本音は一つだ。昼も夜も愛する人と一緒にいたい――ただ、それだけなんだ……」

激昂し、いっきにまくしたてた後、蒼悟はいきなり踵《きびす》を返して駆け出した。だが、彼にぶつけられた言葉の数々は少なからず久弥を打ちのめし、追いかける気力を奪ってしまう。

『あの人だって、本音は一つだ。昼も夜も愛する人と一緒にいたい。それだけなんだ』

蒼悟の声が脳裏に木霊《こだま》し、それはいつしか自身の声となって久弥へ問いかける。

七年、自分は待つと言った。待てる自信もあった。生涯を共にする相手に、もう佳雨以外は考えられない。互いの魂はしっかり結びつき、身体は離れていても心の繋がりは解《ほど》けることはないと、今この瞬間にも思っている。

けれど……――。

(確かに、これは傲慢《ごうまん》な恋だ。俺たちは、それを知っている)

揺らぐまい、と久弥は胸に言い聞かせた。佳雨が己の生き方を全うし、自分の足で立ちたいと言うのなら、恋情でそれを壊してはならない。それを『綺麗ごと』と言うのなら、それこそが大いなる誤解だった。

何故なら、より辛い道を選んでいる自覚が久弥にはある。佳雨のたおやかな微笑の裏で、どれほどの屈辱が重ねられていることか。それは、想像を補って余りあった。

(蒼悟くんも、立ち止まってくれるといいが……)

何を言っても聞く耳は持つまいと思われたが、だからと言って放置もできない。

久弥は嘆息し、ひとまずヤクザ者に釘《くぎ》を刺しておくか、と歩き出した。

佳雨さん、と呼ばれて、階段を上がってきた足が止まる。

どこだろう、と逸《はや》る心を抑えて周囲を見回すと、一番奥の座敷の障子が音もなく開き、こちらへと手招きする白い手が見えた。

「梓……」

安堵《あんど》すると同時に、もう一度注意深く視線を走らせる。万が一にも、梓との話を盗み聞きされてはならないからだ。しかし昼下がりの『伊勢甚《いせじん》』はちょうど夜の仕込み時間に入っており、客はおろか店員さえ二階には姿を現さなかった。

希里が伝言役を買って出てくれたので、梓との密会はほどなく話がまとまった。夜見世前の僅《わず》かな時間だがそれぞれが嘉一郎に疑われぬよう用事を作り、何とか時間差で『翠雨楼』を出るのに成功したのだ。人目についてもいけないし、馴染みのある場所では誰の口に上らないとも限らない。そこで決めたのが、先日も銀花と会った高級蕎麦屋《そばや》の二階だった。

(梓、何だって駆け落ちなんか……)

数日前、希里から夏目の手紙を見せられた時は心臓が止まるかと思うほど驚いた。娼妓の足抜けはご法度《はっと》中のご法度で、捕まったら最後どんな目に遭うかわからない。梓はどちらかというと割り切りが早く、分別のある賢い子だったので無謀な申し出を受けるとは到底思えなかったが、それでもやはり心配だった。

(そりゃあ、俺にはあの子の気持ちが痛いほどわかる。逃げようとしたわけじゃないが、俺

だって一度は大門を抜けたんだから。あの時、鍋島様の助力がなかったら今こうしてはいられなかったかもしれない）

それだけの危険を冒してでも、久弥の危機に駆けつけたかった。後から久弥にはひどく叱られたが、もしまた似たようなことが起きれば自分は躊躇《ちゅうちょ》なく同じ方法を取るだろう。だから頭ごなしに梓を叱ろうとは思わないし、そんな資格もないのは重々承知だ。

けれど、今回ばかりは思い留まらせなくてはいけない。

もし梓がその気になっているなら、佳雨は殴ってでも止めるつもりだった。夏目は留学先に梓を連れて行くと言っているが、金もなく言葉もわからない国で一体どうやって生きていくというのだろう。仮に足抜けが成功したところで、その先に二人を待っているのは決して希望などではなかった。

（今はまだ、廓を抜けることで頭がいっぱいだろう。ここより他なら、どんな場所でも天国に思えているはずだ。けど、すぐに現実がやってくる。水槽から大海へ飛び出しても、そこにあるのは自由って名前の新しい地獄だ）

五歳から廓育ちの佳雨に、世間などわからないだろうと人は不思議がるかもしれない。

でも、幼い頃から何度となく遊女の足抜けを見てきた佳雨は、首尾よく逃げ出したはいいが結局食い詰めて戻ってくる遊女がいかに多いか、という別の真実を知っていた。

彼女たちは心中覚悟で共に逃げた間夫に捨てられ、あるいは再び売り飛ばされて、世間の非情さを嫌というほど叩き込まれて帰ってくる。笑顔を忘れ、恨みつらみと絶望だけが心を蝕んで、二度とお日様の下で生きようなんて気概は生まれなくなるのだ。

（梓には、そんな風になってほしくない。いや、夏目様はきっと梓を大事にしてくださるだろう。二枚舌の不誠実な輩とは、まったく違うお人柄だ。けど、二人が好き合っているのなら尚更《なおさら》いけない。何としても、そこをわかってもらわなけりゃダメだ）

梓の手招きに従い、意を決して障子をからりと開ける。

以前、引手茶屋で偶然顔を合わせた時、梓は「佳雨さん！」と無邪気に駆けてきた。まさか、こんなに早くあの頃を懐かしく思うなんて、と佳雨の胸は皮肉な運命に痛む。爽《さわ》やかな気質で明るかった梓が、座敷を放《ほう》り出すほど蒼悟を恋しがったのだ。その気持ちを行動に移すまで、それほど我慢を重ねてきたのかと思った。

「佳雨さん……お久しぶりです」

「梓……」

しばらく見ない間に、すっかり大人っぽくなった。しっとりと挨拶をされ、佳雨は一瞬そう思う。だが、どうにも違和感が拭えない。よく見れば曖昧《あいまい》な微笑には覇気がなく、眼差しはどこか虚《うつ》ろで夢でも見ているようだ。

座敷は八人掛けの座卓と床の間に花が活《い》けてあるだけの、いかにも蕎麦屋らしい殺風景な部屋だった。空気が冷たいのは暖がないせいだけでなく、少し緊張しているからだろう。梓は座卓の脇《わき》に正座していたので、佳雨も倣《なら》って彼の正面に座った。

「梓、おまえを呼びだしたのは他でもない」

「ええ、わかっています。希里が告げ口したんでしょう？　あの子、僕のことを嫌っているから。僕が佳雨さんに可愛がられてるって、嫉妬しているんですよ」

「違うよ、希里はそんな子じゃない。何日も悩んで迷って、ようやく心を決めて打ち明けてくれたんだ。それも、嫉妬なんてつまらない感情からじゃない。梓、おまえの身を心配しているからだよ。そこを勘違いしないであげておくれ」

「……佳雨さんは」

「ん？」

「僕より、希里の方が可愛くなったんですか。客を取るようになったら競争相手だから、急に憎くなったんでしょう。だから、そんな風に言うんです。僕が毎日どんな思いでいるか、佳雨さんなら一番わかってくれるとはずなのに」

　いきなり恨み言を吐かれ、佳雨は返す言葉を失ってしまう。まさか、本気でそんな風に思っていたのか、と狼狽《ろうばい》し、いやいやとすぐに否定する。梓の顔には言葉のきつさとは裏腹に感情がなく、まるで機械仕掛けの人形と話しているような気持ちになった。

「梓、よく聞いておくれ。これはおまえだけじゃなく、夏目様の一生にも関わることだ。手紙のやり取りまで禁じられて、恋しい想いに拍車がかかるのは当然だ。でも、先走った行動さえ起こさなきゃ、いつかは流れも変わってくる。それまで辛抱はできないかい？」

「僕は、もう我慢したくありません」

「梓……」

初めて、梓の瞳に意志が浮かんだ。それは憎悪に近く、佳雨は激しく面食らう。未《いま》だかつて彼がそんな表情を見せたことはなく、荒《すさ》んだ色が眼差しに滲んでいた。

「佳雨さんのお気持ちは有難いです。足抜けに失敗したら、きっと僕は……僕と蒼悟さんはお終いでしょう。だけど、もう耐えられない。指一本、他の男に触れられるのは嫌です。辛いなんてもんじゃない。佳雨さん、僕はいつか誰かを殺してしまうかもしれません」

「おやめ！　滅多なことを口走るんじゃない！」

「佳雨さんには、若旦那がいるじゃないですか！」

嚙みつくように言い返され、らしくもなく佳雨は怯《ひる》んだ。

「佳雨さんは、いつだってそうです。一人だけ道理を呑み込んだような顔して、苦界で生きる覚悟を説いてくる。だけど、佳雨さんはずるい。若旦那って人がちゃんといて、金に糸目をつけずに会いに来てくれるじゃないですか。おまけに、いつだって身請けが叶《かな》う身なのにおかしな意地を張っている。そんなの、僕から言わせれば傲慢です」

「………」

「素直になればいいじゃないですか。素直になって、さっさと若旦那に請け出してもらって一緒に暮らせばいいんだ。佳雨さんは贅沢《ぜいたく》だ。そんな人に、僕や蒼悟さんのことをあれこれ口出しされたくはありません。佳雨さんには逃げ道がある。僕とは違うんです」

「梓……」

堰《せき》を切ったようにまくしたてる、梓の口調にためらいはなかった。真っ直ぐぶつけられる言葉の一つ一つが心に刺さり、佳雨はとうとう何も言えなくなる。

（逃げ道……俺が……）

そんな風に考えたことなどついぞなかったが、傍《はた》から見ればその通りだった。もう嫌ですと口に出しさえすれば、久弥は躊躇なく自分を色街から連れ出してくれるだろう。そんな人間に「辛抱しろ」と言われて、納得する者などいるはずがない。傲慢だと言われれば、確かに返す言葉などないのだ。

「お願いですから、僕の幸せを邪魔しないでください」

青ざめる佳雨に追い打ちをかけるように、梓は取りつく島もなくそう言った。そうして、近年流行《はや》りの巾着袋《きんちゃくぶくろ》に籠のついた籠信玄から、大事そうに手鏡を取り出してみせる。

「梓、それは……」

「綺麗でしょう？　僕、これだけを持って蒼悟さんのところへ行くつもりです。他には何もいりません。でも、蒼悟さんは僕のことを可愛いって言うから、どんな暮らしでも手鏡くらいはちゃんと持っていなくちゃと思って。全部捨てていく僕にとっては、たった一つの財産になりそうです」

「いけないよ、その手鏡は。いいかい、それは他人様《ひとさま》の物なんだ。『百目鬼堂』の蔵から盗まれて、いかがわしい骨董屋に流れた品なんだよ。若旦那はずっと行方を探していらして、どうやら三上様がお買い上げになったというところまで突きとめた。だから……」

「佳雨さん、僕が心配で来てくれたわけじゃなかったんですね」

「え……？」

たちまち梓の瞳が温度をなくし、冷ややかな視線が向けられた。失敗した、と後悔したがすでに後の祭りだ。佳雨がいかに弁解しようとも、疑いに満ちた心へは届かないだろう。

「なんだ、本当にがっかりだな。やっぱり、佳雨さんも若旦那が大事なんですね。僕のことは口実にすぎなくて、手鏡を取り返したいだけなんだ」

「違う、梓、それは違うよ」

「何も聞きたくありません。佳雨さんには、がっかりしました。貴方だけは、僕の味方だと思っていたのに。僕から蒼悟さんばかりか手鏡まで取り上げて、そうして若旦那に取り入るおつもりなんですね。あんまりです」

「違う……」

「僕、もう行きますね。夜見世の前にお風呂があるし、変な素振《そぶ》りを見せてお父さんにまた目をつけられたら大変だもの。でも、駆け落ちの話は後生だから黙っておいてください。今の僕には、それだけが生きる希望なんだから」

すらりとしなやかに立ち上がり、打ちひしがれる佳雨を見下ろして梓は微笑んだ。

「さよなら、佳雨さん。若旦那とお幸せに」

そのまま返事も待たず、さっさと座敷から出て行ってしまう。追いかけようと腰を浮かしかけたが、すでにかけるべき言葉は残っていなかった。

梓が去り、佳雨は一人残される。手鏡の魔性が言わせているのだと思っても、可愛がっていた相手から投げられた言葉は少なからず佳雨を傷つけていた。

「ああ、ダメだな。まだ修行が足らないや。何を今更なことで落ち込んでいるんだか」

ふぅ……と深く息を吐き、弱気な自分を叱咤《しった》する。これまでも、曰くつきの骨董に魅入《みい》られた人間は悉《ことごと》く暴走をくり返してきた。もし梓がそうなら、身体を張ってでも止めなくてはいけない。自分が傷つくよりも、その方が重要な問題だ。

だけど……と、しくりと痛む胸で佳雨は思った。

梓の言っていることは、彼の立場からは無理もない内容だ。だからこそ言い返せなかったし、説得も失敗してしまった。もっと自分がしゃんとしていたら、あるいは翻意させることができたかもしれないのだ。不甲斐ない、とつくづく自分が嫌になった。

「――佳雨」

閉じられた障子の向こうで、声がかけられた。成り行きを心配したのか、希里が来てくれたようだ。情けない顔を見せてはいけないと、佳雨は急いで表情を取り繕った。

「うん、どうした？　迎えに来てくれたのかい？」

「開けていいか」

「ああ、もちろんさ。俺も、もう戻らなきゃと思っていたところだ」

希里は存外鋭いところがあるので、心の乱れを悟られてはまずい。佳雨が気持ちを引き締め直していると、いつもよりだいぶおとなしく、遠慮がちに障子が開けられた。見慣れた仏頂面が廊下からこちらを見下ろし、何やら窺《うかが》うように黙っている。どうした、と笑って目で問うと、彼は物も言わずに握り締めていた右の拳《こぶし》を佳雨の眼前へ突きだした。

「やるよ。きっと元気が出る」

「え……？」

「下で、梓とすれ違ったんだ。俺が使いで布団部屋で話した時とは、何だか別人みたいにきつい顔になってた。佳雨、何か言われたんだろ。おまえも顔色が悪いぞ」

「希里……」

そんなことはないよ、といつものように流すことができず、不覚にも佳雨は返事に詰まってしまう。他の誰に何を言われようと堪《こた》えたりはしないが、久弥との馴《な》れ初《そ》めを全て見てきた梓に責められるのは辛かった。そんな気持ちを、希里は敏感に察したようだ。

「何だい、これは」

気を取り直して、話しかけてみた。右の拳は変わらずきつく閉じられ、中身がまるでわからない。すると、希里はいくぶん決まりが悪そうに「だから、おまえにやるんだって」と不器用にくり返した。

「え……」

「ちょ……ちょこれーとびすけっと……」

「佳雨、自分の分は梓にやっちゃっただろ。俺、一枚だけ残しておいたんだ。あの……」

「…………」

「おまえに、やろうと思ってさ」

「希里……」

思いがけない贈り物に、佳雨はすぐには答えられなかった。ただ両手を差し出し、まるで降る星を待つように袋入りのビスケットを受け止める。長く持ち歩いていたのか中でチョコレートが溶けていたが、今まで貰《もら》ったどんな高級な菓子よりも美味《おい》しそうに見えた。

「これを俺に？　でも、おまえはいいのかい？」

「俺は、もうたくさん食べたし。あのな、言っとくけどすっげぇ美味《うま》いぞ。元気が出る。俺が食わせてやった時、梓もあっという間にたいらげたんだ。だから」

「――ありがとう」

「う……いや別に……」

「ありがとう、嬉しいよ。おまえは優しい子だね」

希里にとって、一枚の菓子は大事な宝物のはずだ。朝から晩まで働いて、見世の若い衆に小突かれ、楼主やトキにガミガミ言われ、そうやって日々を終えた先には男に身を売る未来しか待っていない。そんな暮らしの中、心を慰めてくれる小さなお楽しみだ。

それを……恐らく、何かとても辛いことがあった時のための最後の一枚を……くれると言う。それが、佳雨の憂いを見事に洗い流していく。

「じゃあ、せっかくだから半分にしようか」

佳雨は袋を破ってビスケットを取り出すと、二つに割った一つを希里へ返した。いいよ、と彼は首を振ったが、やがておずおずと受け取ると照れ臭そうに少しだけ笑う。二人は同時にビスケットを口へ放り込み、悲しい甘さを思う存分味わった。

「佳雨、ごめんな」

どういうわけか、不意に希里が謝ってきた。

何のことかわからなかったが、佳雨は「いいさ」と明るく答える。そうして、手についたチョコレートを舐《な》めながら、もう一度顔を見合わせて一緒に笑った。

蒼悟の手紙にあった駆け落ち決行日まで、あと三日と迫っていた。

彼を訪ねて説得に当たろうとしたが、まるで聞く耳を持ってもらえなかったと久弥は溜め息混じりに報告し、ヤクザ相手に危ない橋を渡らないよう打てる手は先回りしておいたが、と言った。

「しかし、そうなると鍋島様の方へ話が行くかもしれないな。蒼悟くんが頼れるとしたら、もう後は鍋島子爵家しかない」

「鍋島様は面白がっておいでですが、一切手は貸さないと思います」

登楼してきた久弥と額を突き合わせ、佳雨は困ったように眉根を寄せた。旅券の件などは一介のヴァイオリン弾きにどうにかできるものではないし、最後には義重《よししげ》を頼るかもしれないと踏んだが、先日『翠雨楼』へやってきた義重に止めてもらおうと切り出したところ、「私の息子は、兄弟揃って駆け落ちが好きなようだ」と笑って流されてしまったのだ。義重からも到底実現不可能な計画だと思われているらしく、失敗するとわかっているものに金もコネも使いはしない、と当然のように言っていた。

「おかしくなったのは梓だけじゃありません、夏目様もですよ。あの方は本来、真っ直ぐで生真面目《き》な性分です。梓に危険を押してまで足抜けを促すなんて、正気の沙汰とは思えません。まして、あれだけ距離を取っていた鍋島様に頼ろうなんてするでしょうか」

「俺もそう思うんだが、どうやら本当にひどい目に遭わされたらしいんだよ」

しかめ面でまずそうに盃を空け、久弥も憂い顔のまま答える。

「あれから、九条の方へも連絡を取ってみたんだ。あいつの飼っている情報屋は、色街での出来事に通じていてね。俺のことを銀花に漏らしただろうと責めたら、申し訳ながってすぐに教えてくれたよ。それによると、夏目くんは誰より自分に腹をたてていたらしい。指を折られそうになった時、それを救ったのは梓の涙と鍋島家嫡男という肩書きだったと言ってね。何の力も甲斐性もない、それは先《せん》からわかっていたことだが、己の無力さに叩きのめされたと。それと同じ言葉は、俺も直接彼から聞いた。夏目くんの頑なさは、相応の理由があってのことなんだ」

「それは……真面目なお人柄だけに、余計に御自分を責めて……」

「立派に音楽で身を立てて、いつか堂々と梓を身請けする。それまでは客として通うこともできないが、どうか堪えていてほしい。夏目くんは自分の申し出がいかに身勝手で、梓の苦しみを少しもわかっていなかったかと後悔していた。あの子が他の男に無体を強《し》いられ、懸命に耐えている様子を目の当《ま》たりにして何かが切れてしまったんだろう。綺麗ごとだけで、梓は救えない。自分が迎えに行くより先に、あの子が壊れてしまうとね」

「…………」

「だから、どんな手を使ってでもと思い詰めたんだ。嫌っている父に頭を下げ、誇りを失ってでも梓を逃がしたいんだよ。たとえ発覚して自分の将来が台なしになっても、これ以上の我慢を梓にさせたくないんだ」

いっとき頭に血が上り、衝動に任せて駆け落ちを迫ったのとは少し違う。それだけに、翻意させるのが難しいと言って久弥は再び溜め息をついた。

二人は、最初から駆け落ちが成功するとは思っていない。ただ、我慢するのを止めただけなのだ。そう思えば無茶な計画にもつじつまが合うし、だからこそ止めなくてはとも思う。

「どうすればいいんでしょうね……」

佳雨は酌の手を休め、久弥に物言いたげな目を向けた。

本当は、梓に言われた言葉が心にずっと刺さったまま、じくじくと痛み続けている。何とかしてやりたいと思うのに、そんな資格はないと言われたら一言も返せなかった。それは、自分の中でも「ずるい」という思いがあったからに違いない。

けれど、誓って久弥を「逃げ道」にしようなんて考えたことはなかった。むしろ、そうしないことでかろうじて誇りを保っているのだ。久弥と一緒に生きていきたいと、今だけではなく未来を見ようと決めた時から、対等でありたいという思いは一層強くなっていた。

「なぁ、佳雨」

「は、はい」

久弥の声で現実に戻され、いけないと急いで居住まいを正す。浮かない顔をしていたら、また余計な心配をかけてしまう。今は自分のことより、梓たちをどう説得するかの方が大問題だった。とにかく、事は一刻を争うまでに迫っている。

「何でしょう、若旦那。お酒を追加なさいますか。それとも、何か取り寄せましょうか」

「俺は、おまえが一言〝攫ってくれ〟と言うなら、すぐにでも攫ったっていいんだ」

「え……？」

「本気だ。『百目鬼堂』の曰くつきの骨董なんかクソ食らえだ。そんなしがらみは全部放り出して、おまえとどこかへ逃げたっていい。先祖の買った逆恨みで、どうして俺が不当な噂に苦渋を舐めなきゃならない？　そんな理屈があるものか。おまえが他の男に抱かれているのに、やせ我慢して稲荷神社の隅っこでしゃがみ込んでいる——そんなのはもう御免だ」

「ちょ……ちょっと待ってください。若旦那、急にどうしちまったんですか」

突然、人が変わったようにまくしたてる久弥へ、佳雨は激しく困惑した。大体、稲荷神社とは何だろう。まさか、毎回そうやって嫉妬を堪えていたとでもいうのだろうか。

わけがわからず青くなる佳雨へ、久弥はズイと詰め寄ってきた。互いの鼻の頭がくっつきそうなほど間近に迫られ、どうしていいかわからなくなる。

——と。

「何だ、喜ばないんだな」

気が抜けたような呟きの後、久弥はくすくすと笑い出した。

「せっかく、俺が攫ってやると言ったのに。もうちょっと、感激してみせてもいいじゃないか。他の娼妓なら、戯れにだって涙を浮かべて抱きつく場面だぞ」

「あんた……何、考えてるんですか」

冗談だったのか、と思った瞬間、全身からいっきに力が抜けていく。呆《あき》れてそれ以上物も言えず、佳雨は腹立たしさに顔を背けようとした。だが、久弥はそれを許さず機敏に抱き寄せると、あっという間に腕の中へ閉じ込めてしまう。

「何してるんですか。若旦那、離してくださいな。今夜は、こんなことしている場合じゃありません。梓が、三日後には手鏡持って逃げようとしているんですよ。いいんですか」

「良くはないが、まずはおまえだよ。佳雨」

「俺……？」

「顔を見ていればわかる。おまえ、梓に何か言われたろう？　大方〝いつでも請け出してもらえる佳雨さんとは違う〟とか、そんなところだろうが」

「…………」

図星を指されて、ドキリとした。

どうして、久弥には隠し事ができないのだろう。

「あの……」

「気にする必要などないからな。大体、今のではっきりしただろう？　おまえは、たとえ恋人からであっても〝一緒に逃げてやる〟と言われても嬉しくなんかないんだ。何故なら、それがおまえの望みではないからだ」

「俺の望みでは……ない……」

そう言われた途端、憑き物が落ちたように心が軽くなった。佳雨は新たな驚きに包まれ、そっと遠慮がちに目線を上げる。愛しげに自分を見つめる瞳とぶつかった途端、何故だか理由もなく泣きそうになった。

「佳雨、人の価値観はそれぞれ異なるものだ。何が幸せかも、もちろん違う。梓は梓の立場からおまえを羨んだかもしれないが、おまえが真に受けてどうする？　信念というものは、他人の一言で簡単に揺らぎはしないはずだろう」

「はい……でも……」

「彼らの説得は、難しいと俺も思う。だが、まだ方法はあるはずだ。それに、梓は本来優しい子だ。おまえに吐いた言葉は、手鏡の影響が大きいと考えた方がいい。これまでも、そんな風に人が変わってしまったことがあったじゃないか」

「……はい」

「大丈夫。あの子は、変わらずおまえが好きだよ。梓だけじゃない、希里もだ。我が強くて素直じゃないが、あいつは俺に訊いてきたぞ。〝佳雨を攫って逃げないのか？〟と。あの子なりに、おまえのことを案じている証拠だよ」

「希里が……」

胸が熱くなり、堪えていた涙がとうとう滴《しずく》となる。佳雨はさりげなく俯き、零れる前に着物の端でさっと目元を拭った。久弥の前では、簡単に泣きたくなかった。

「花魁！　花魁、ちょいと来てくんなさい！」

まろやかになりかけた空気を、唐突に喜助の声が破る。何事かと身を起こし、佳雨は急いで障子を開けた。控えていた若い喜助が、狼狽しきった様子で立っている。

「どうした、何があったんだい？」

「希里の野郎が、またやらかしたんですよ。梓花魁がお座敷へ出ている隙に、部屋へ忍び込んで荒らしたとか。楼主がカンカンで、このまんまじゃ大変なことになりそうです！」

「希里が……」

ざわりと胸が嫌な感じに騒いだが、ここで話していても埒《らち》は明かなそうだ。

「すぐ行きます。梓の部屋だね？」

「俺も行こう」

話を聞いていた久弥が腰を上げ、厳しい顔つきで申し出た。さすがに一瞬ためらったが、どのみち断っても彼は来るに違いない。佳雨は頷き、久弥と共に急いで部屋を出た。

梓の部屋は棟《むね》が違うので、けっこうな距離を歩くことになる。それでも可能な限りは急いで駆け付けると、すでに二間続きの座敷は廊下まで険悪な空気が流れてきていた。

「あ、佳雨花魁。まぁまぁ、若旦那まで」

遣り手のトキも呼ばれたのか、佳雨たちの姿を見て呆れ顔を見せる。お父さんは、と小声で尋ねるとすでに中で希里を詰問中だという。

「まったくねぇ。いつか、大それたことをやらかすと思ってましたよ。希里って子は、大体可愛げがありゃしませんからね。楼主もこれに懲りて、男花魁にしようなんて考えは捨てたがいいんですよ。誰しも、佳雨花魁や梓花魁みたいになれるわきゃないんですから」

「そうもいかないだろうよ。希里には元手がかかってる。お父さんだって、面子《メンツ》にかけてもあの子を一人前にしなきゃならないさ。そのために、俺が預かっているんだ」

「じゃあ、この不始末をどうなさいます？」

心底愛想が尽きたというように、トキがやれやれと溜め息をついた。何でも、希里は梓の部屋をあちこち物色した挙句《あげく》、何の腹いせか持ち物を幾つか壊したらしい。梓はまだ座敷から戻ってきてはいないが、おっつけ客も帰る頃合いなので、すぐに顔を出すだろうということだった。

「……希里は俺の禿だ。責任は俺が取るよ。それに、あの子は私利私欲でこんな真似をしたんじゃない。多分……俺のために……」

「え、何ですって？」

「いや、何でもない。とにかくお父さんに会って、取り成しをお願いしなけりゃ」

「いくら佳雨花魁の頼みでも、あたしゃ嫌ですよ。どうしてもって言うなら、ご自分でお願いします。楼主も、今度ばかりは大目に見るわけにゃいかないって、そりゃもうえらいご立腹なんですから。下手《へた》に首突っ込んだら、どんなとばっちり食うかわかりませんよ」

冗談じゃない、とトキは首を振り、取りつく島もない。してみると、嘉一郎の怒りは相当なものなのだろう。久弥が思案顔で近づき「俺が話をしよう」と言ってくれたが、もとより彼は部外者だ。佳雨がそう言って断ろうとすると、一層声を低めて彼は囁いた。

「だが、希里が壊したというのは……多分、俺の探している手鏡じゃないか？　それなら、咎は俺が受けるのが筋じゃないか。おまえや希里は関係ない」

「今更、それは通りませんよ。廓で起きたことは、俺たちの問題です」

「しかし……」

「この期《ご》に及んで、俺や希里を突き放すようなこと仰らないでくださいな。若旦那、あんたには恩がある。この機会に、それを返させてください」

「恩……？」

まるきり心当たりのない久弥は、大いに戸惑った顔をする。佳雨はくすりと微笑むと、彼にくるりと背中を向けて座敷へ入って行こうとした。

「チョコレートビスケット。俺も希里も……それから梓も、あれのお陰で助かりました」

「え？」

ますますわけがわからない、と言った返事をそのままに、佳雨は一つ深呼吸をする。張り詰めた空気は嘉一郎の怒りの凄《すさ》まじさを物語り、裏看板の自分とて無事では済まないかもしれない、と覚悟を決めた。それでも、希里は一人で耐えているのだ。早く行って、助けてやりたかった。

「お父さん、佳雨です。入りますよ」

一つ声をかけて、思い切って障子を開く。

次の瞬間、佳雨は血相を変えて叫んでいた。

「いけないっ！」

今にも殴り倒されそうだった希里の前に、無我夢中で身体を投げ出す。思いがけない邪魔が入り、嘉一郎は「退《ど》けッ！」と怒声を浴びせてきた。しかし、駆けつける前にすでに何発か殴られているらしく、抱き締めた希里の顔は頬が赤く腫《は》れている。その彼の右手には、鏡の部分が粉々に割れた手鏡が強情に握られていた。

「かう……」

「希里！　希里、しっかりしな！」

「かがみ……これだろ……」

腫れ上がった顔で「へへ」と笑い、希里が弱々しく手鏡を差し出す。だが、強《した》かに折檻されて朦朧《もうろう》としているのか、すぐに右手は力なく投げ出されてしまった。

「希里……希里、もう大丈夫だよ。だから、しっかりするんだ。おまえは強い子だろう」

「……うん」

「希里……」

ぎゅっと腕の中に小さな身体を抱き締め、佳雨は言いようのない怒りにかられる。事情を知らない嘉一郎からすれば、羽振りの良い娼妓から何かくすねてやろうと忍び込んだ、とんでもない問題児でしかないのかもしれない。だが、真実はそうではないのだ。

「佳雨、邪魔するな！　こいつはな、こうやって身体に嫌っていうほどわからせてやらねぇと懲りねぇんだよ。根っから、根性がねじ曲がってやがんだ！」

「俺は退かないよ！　だったら、俺から殴ればいいだろう！」

「何……」

「お父さん、俺は前にも言ったはずだよ。希里は、暴力で黙る子じゃない。この子は頭がいいんだ。道理を説いて聞かせた方が、ずっと呑み込みが早いんだよ。それを、考える間もなく殴るなんて、無茶を強いているのはそっちじゃないか！」

「な……な……」

あまりの剣幕に、嘉一郎が珍しく言葉を失った。普段、佳雨は滅多に声を荒げず、ましてや楼主に逆らったことなどほとんどない。自分の筋を通したい時でも、にっこり艶やかに微笑んで上手い具合に話を誘導する。そういう手管こそが、得意のはずだった。

しかし、そんな悠長な真似をしている場合ではない。嘉一郎は頭に血が上っているし、負けん気の強い希里は決して殊勝な態度は取らないだろう。逆上し、過度な暴力を受けないとも限らないのだ。

「おめぇ、禿なんぞ庇《かば》って気でも違ったか？　こいつは、おめぇの顔に泥を塗ったんだぞ。梓の留守に部屋へ忍び込んで、先だって三上様からいただいた大事な品を盗み出そうとしやがったんだ！」

「盗もうとしたんじゃない。割ってやっただけだ……！」

「まだ言うか！」

唇の端に血を滲ませて、燃えるような目つきで希里が言い返す。カッとなった嘉一郎が足を上げ、力任せに彼を蹴り飛ばそうとした。だが、佳雨は希里をしっかりと抱き、そのまま庇うように身を丸くする。その左肩に蹴りが当たり、痛みに思わず呻《うめ》きが漏れた。

「う……」

「佳雨ッ！」

その途端、火がついたように希里が叫んだ。

「畜生、クソ爺っ！　佳雨は関係ねぇだろう！　佳雨、大丈夫か！　佳雨！」

気が狂ったように罵倒《ばせい》を浴びせ、怒りに任せて喚《わめ》き散らす。今度こそ嘉一郎も呆然とし、その場に集まっていたトキや若い衆たちも、言葉もなく成り行きを見つめていた。

「佳雨……おまえは花魁なのに。身体に傷をつけちゃいけないのに。佳雨……」

「こら……」

狼狽する希里に向かい、ようやく息を吐いて佳雨が口を開く。

「暴れるんじゃ……ないよ。余計、痛むだろ……」

痛みに耐えて何とか答えると、糸が切れたように希里がおとなしくなった。見れば、彼は自分の下でポロポロと赤子のように泣いている。見惚れるほど大粒の涙が、丸い頬を伝って次々と畳へ染み込んでいった。

「希里……どうした？」

「だ……って……佳雨……佳雨が……」

「………」

「おまえ、梓にひどいこと言われて……でも、それは梓のせいじゃなくて……だから、手鏡を割ればって……なのに、何でおまえが蹴られるんだ……なんで……」

「希里……」

初めは必死で嗚咽《おえつ》を堪えていたが、ついには喉をひくつかせ、希里はとうとう箍《たが》が外れたように大声で泣き出した。

「バカだね、おまえは。泣いてどうするんだ」

動かない左手の代わりに、佳雨が右手で濡《ぬ》れた髪を梳《す》いてやる。それでも、希里の涙は止まらなかった。強情で頑固、可愛げがないと言われ続けた彼の無防備な涙に、その場の誰一人として悪態を吐《つ》く者はいない。毒気を抜かれた嘉一郎がよろりと体勢を崩すと、側にいた久弥がすかさず支えて冷ややかな笑みを見せた。

「や……やっ、これは『百目鬼堂』の……」

「楼主、俺の贔屓にあんまりな仕打ちだな」

「え……や、いやいや、これは不可抗力ってヤツで……っ」

「何でも構わないが、この恨みは忘れないよ？」

口調は穏やかだったが、静かな分、余計に空恐ろしい。実際、久弥は深く激しく怒っていた。それがわからぬ嘉一郎ではなく、彼は寿命の縮む思いで顔を引きつらせる。

その時、廊下で衣擦《きぬず》れの音がした。

務めを終えて戻って来た梓が、荒れ果てた部屋の様子に絶句している。一体何が、と口を開こうとして、その視線が割れた鏡で留まった。

「それは……僕の……」

「ま、まぁまぁ、梓花魁。いえね、ちょっとした手違いなんでございますよ。その、何と言いますか希里も充分反省して、ホレ、あの通りに泣いておりますし……」

「…………」

下手な説明に苦心するトキを、梓は綺麗に無視して中へ入る。そうして彼は畳に膝を突くと、泣きじゃくる希里と彼を抱く佳雨を瞬きもせずにジッと見つめた。

「佳雨さん、これはどういうことなんです？」

「梓……」

「僕の鏡を割ったのは、希里なんですか。どうして、彼はこんなに泣いているんです？」

「…………」

どうしよう、と佳雨は迷う。ここで何を言ったところで、梓の気持ちは済まないだろう。何しろ、これを持って駆け落ちするのだと夢見るように話していたほどだ。

しばらく、重苦しい沈黙が続いた。

梓は切なく鏡の破片に視線を移すと、懐《ふところ》から白いハンカチを出す。それから指先で破片を摘《つま》んで丁寧に拾い集めると、包んだそれを一度胸に抱いた。同時に桜色の唇から吐息が漏れ、長い睫毛《まつげ》が憂いに小さく震える。だが、彼の口から出た言葉は佳雨にとって意外なものだった。

「やっぱり……無理なんですよね……」

「え……？」

「わかってたんです、本当は。でも、夢にすがるしか自分を守れなかった」

「梓……」

憑き物が落ちたように、静かな瞳だった。

全ての諦めと達観の入り混じった、胸の締め付けられるような眼差しだ。彼はゆっくりと顔を上げると、佳雨の異変に気づいて声をかけた。

「佳雨さん、顔色が悪いです。大丈夫ですか？　どこか怪我《けが》でも……？」

「いや、気にすることはないよ。ちょっとした打ち身だ。すぐ治るさ」

「僕のせいですね……？」

梓の表情が翳り、彼はしばしためらった後に「……ごめんなさい、心配かけて」と消え入りそうな声で呟く。そこには、かつての梓がいた。無邪気に慕ってくれた、可愛い弟分の正気を取り戻した姿だった。

「全部、僕のせいです。僕の弱さがいけなかった。最初にあの人の申し出を読んだ時、本当はちゃんと断るつもりだったのに。気持ちだけで充分嬉しかったし、何があったって言葉だけで頑張れると思ったのに……」

「…………」

「どうしてか、無性に堪えが利かなくなって。ずっとずっと我慢できていたのに。佳雨さんから、ちゃんと生き方を教えてもらったのに……僕、忘れて……ごめんなさい……」

話しながら、今度は梓が泣き始める。泣き続ける希里と、佳雨の腕にすがって泣く梓の姿に、とうとう嘉一郎が匙《さじ》を投げたとばかりに背を向けた。

「楼主、どちらへ？」

「勘弁してくださいよ、若旦那。俺は、愁嘆場ってのが大嫌いなんだ。湿っぽくなって商売に差し障る。だがね、廓のしきたりってのは泣けば許されるってもんじゃない。そんなに甘かぁないんです。こいつらには、後でちゃんと仕置きが必要だ。茶々は入れないでくださいよ。そういう無責任な情が、一番性質が悪いんですわ」

「……心得ておくよ」

何重の意味にも釘を刺され、さすがは海千山千の女衒だと苦笑が漏れる。

確かに、一時的に助けを差し伸べたところで何の解決にもならなかった。希里を庇って佳雨が飛び出した時、本当は久弥が盾になりたかったのだ。だが、客である自分がそんな行動に出れば、佳雨の立場がまずくなるだけだろう。その場は収まっても、花魁と客の分《ぶん》を超えた付き合いには必ず監視の目が光る。それを思って、ぎりぎりで己を抑えたのだ。

「じゃあ、俺が仕切り直しといこうか」

せめて、振られた役割だけでも全うしようか。

久弥はそう自分へ言い聞かせ、所在なげにしている遣り手のトキに財布を預けた。

「今夜は総仕舞《そうじま》いだ。見世ごと、俺が借り切るよ。遊女はもとより、他の客たちにも酒を振る舞ってくれ。どうせ『翠雨楼』の裏看板二人は、座敷に出るどころじゃないだろう。一人は泣き崩れて目が兎《うさぎ》のようだし、もう一人は怪我の手当があるからね」

「よ、よろしいんですか」

「もちろん。廓に来たからには、金を落とすのが客の本分だ」

まぁぁと喜色満面になり、トキはやたらと張り切り出す。若い衆を引き連れてあれこれ指示をしながら、賑やかに部屋から出て行った。

「また……傷物になっちまいましたね」

「おまえが？　手鏡が？」

「意地悪なお方だ」

とぼけた口をきく久弥を、佳雨が顔をしかめてねめつける。当分痣《あざ》にはなるだろうが、幸い骨には当たらなかったようだ。梓と希里はようやく涙が収まってきたが、互いに鼻を啜《すす》ったり睨み合ったりしながら、どちらも佳雨から離れようとしなかった。

「僕、蒼悟さんに返事を書きます。一緒には行けないって」

「それでいいのかい？」

「……いいんです。蒼悟さんがどう思うか、そりゃあ不安はあるけど。でも、僕はあの人に音楽を続けてほしい。外国で勉強して、いつか迎えに来てほしいんです。一緒に行こうって言ってくれただけで幸せだから。もし迎えが来なかったとしても、あの人の音楽が僕に届けば……きっと、僕はそれで〝良かった〟って思えるから」

梓が、涙でぐしゃぐしゃな顔で笑った。

希里も、つられて照れ臭そうに笑顔を作る。

逞しい子たちだ、と佳雨が感心して呟くと、「おまえに似たんだろう」と久弥が真顔で言った。それを褒《ほ》め言葉と受け取っていいものかどうか、佳雨は複雑な顔で考える。だが、少なくとも彼らは自分の足で立っている。自分の力で、明日を生き抜こうと決めている。

「夏目様のこと、お願いしてもいいでしょうか」

佳雨の言葉に、久弥がもちろんと頷いた。

「梓にその気がなければ、彼だって目を覚ますだろう。問題はその後だな。何、手紙のやり取りを禁じられていたって、いくらでも方法はある。俺が責任を持って、欧州での彼の様子を伝えていくと約束するよ。だから、おまえは何も心配するな」

「……はい」

痛むかい、と彼が囁く。佳雨は首を振って、そっと久弥へ寄り添おうとした。だが、希里と梓がそれを許さない。久弥は苦笑し、とんだ恋敵《こいがたき》の出現だ、と嘆いた。

嘉一郎の面子もあり、その後、佳雨は丸一日布団部屋で反省させられた。梓の時のように縛られたりはしなかったが、裸足に緋襦袢一枚なのは変わらない。蹴られた肩は手当はしたものの寒さにひどく堪えたが、根が強情なので泣き言一つ漏らさなかった。

その間、『翠雨楼』内でも小さな動きがあったようだ。

まず、久弥の働きかけで総仕舞いとなり、気を良くした嘉一郎に彼は蒼悟と梓の面会を約束させたのだ。頭ごなしに禁じても若い二人は頭に血が上るだけだ、と言葉巧みに諭し、遣り手のトキが監視する中、十分だけと時間を区切っての逢瀬が成立した。どのみち蒼悟がドイツへ行き、何年も帰ってこない身ならば梓を誑《たぶら》かしようがない。そういった計算もあり、渋々ではあったが嘉一郎は久弥の提案を承諾した。

そうして。

騒動に明け暮れた後に残ったのは、『百目鬼堂』の不名誉な噂と最後の盗まれた骨董だ。曰くつきで先祖が祓いきれなかったという品々は悉く形を失い、後は茶碗一つを探し出すまでになった。まだ行方はわからないが、必ず突き止めると久弥は言っている。五つの骨董を見届けるまで、『百目鬼堂』の看板は下ろせない、と。何やら意味ありげな一言に佳雨は新たな不安を抱いたが、それはまた別の話となる。

「……焔《ほむら》が見えそうだな」

久方ぶりに、自室で久弥を迎えた夕暮れ。

揃って窓から中庭を見下ろしていたら、ポツリと彼が呟きを漏らした。

「焔……ですか」

「ああ。落ちかけた陽の下で、紅葉が燃えるような色を見せている。もう秋も終わりだというのに見事な色合いだ。ごらん、佳雨。あれをそのまま着物に仕立てたら、どんなにおまえに似合うだろう」

「あれだけ濃いということは、寒さが厳しかった証拠です。冬には覚悟しておかないといけませんね。若旦那のお越しが間遠《まどお》になったら、きっと俺は凍え死んじまいますよ」

そう言う佳雨の言葉が、すでに淡い白に染まっている。久弥はゆっくり瞬きをして、怪我をしていない方の肩を優しく抱き寄せた。

「間遠になどならないさ。冬こそ、おまえの肌が恋しくなるじゃないか」

「そうだといいんですが」

「おや、信用がないな。紅葉の焔に誓って本当だよ。佳雨、おまえの激しさは風が冷たければ冷たいほど鮮やかさを増す。そのことを、俺はよく学んだんだから」

「若旦那……」

鉄火の如き激しさを、楼主の前でも怯《ひる》むことなく花開かせた。日陰の仇花と己を揶揄しながらも、佳雨の誇りは咲く時、散る時を心得ている。その賢さが久弥は哀れだったが、それは驕《おご》りだったかもしれないと思い始めていた。

佳雨の背中を見ながら、梓や希里など新たな花たちも逞しく根を伸ばし始めている。手鏡を壊された梓があんなに早く正気に返れたのも、希里を庇う佳雨の焔を目の当たりにしたからに違いなかった。さながら冷水で友禅が色鮮やかになるように、逆境ほど佳雨を美しくするものはない。

(悲しくて美しい生き物……か。それが、おまえたちなんだな……)

それなら、いっそ美しくなくてもいい。

久弥は、生まれて初めての感情に少なからず戸惑っていた。佳雨が傷つき、それを養分に花を咲かせるなら、歪《いびつ》な男花魁として醜いまま腕の中で幸せにしてやりたい。

(おまえは、決してそれを望みはしないだろうが)

だから、何も言わずに髪へ口づけた。さらりと触れる心地好い感触に目を細め、焔の化身のような恋人を精一杯慈《いつく》しむ。佳雨がひそやかに溜め息をつき、瞳に紅葉を閉じ込めたまま静かに瞼を閉じた。

「おまえが真紅なら、梓たちはさしずめ橙といったところだな」

唇に短く接吻し、久弥は面白いことを言う。

「橙……ですか」

「まだ〝濃い〟の色がつくには、たくさんの冬を越えなきゃならないだろう」

「……詩人のようなことを仰る」

「おまえに、橙の頃はあったのかな。佳雨？」

久弥の質問に、佳雨はそっと目を開いた。

真紅に染まった眼差しが、生涯ただ一人の男を見つめている。

「ありやしません、そんなもの」

「そうなのか？」

「はい。学生服を着たあんたに出会った瞬間から、心にずっと焔を燃やしたままです」

そう言って、佳雨は悲しく美しく微笑んだ。

恋文

朝からお湯に浸かって丹念《たんねん》に肌と髪を洗い、昨晩の客がつけた匂いを全《すべ》て泡に流す。

それから梓《あずさ》は時間をかけて衣装を選び、結局は振袖新造《ふりそでしんぞ》時代にお稽古へ通う際、よく着ていた橙《だいだい》に桔梗《ききょう》を染め抜いた小紋《こもん》に袖を通した。これは、佳雨《かう》のお下がりだ。

「まぁまぁ、驚いた。初心《うぶ》な御嬢さんに早変わりだ。夏目《なつめ》の若様も、お父上に似ず廓《くるわ》遊びには不慣れなお方ですからね。そういう方が、心証がよござんしょう」

嫌みとも当てこすりともつかない言葉を遣《や》り手《て》のトキが吐《は》き、梓はツンと無視を通す。トキは『翠雨楼《すいうろう》』の元遊女で、年季は開けたものの行くところがなく、そのまま使用人として居残って年を取った女だ。そのせいか、若い娼妓《しょうぎ》には殊更舐《な》められまいと手厳しい。いちいち気にしていてはキリがないし、そういう無自覚な悪意のあしらい方は、佳雨のそばで見てよく学んでいた。

(そうだ。佳雨さんには、ちゃんとお詫《わ》びしなくちゃ。僕、あの人にひどいことを言ってしまった。自分の不幸しか見えなくて、八つ当たりしてしまったんだ……)

見つかれば嘉一郎《かいちろう》に顰蹙《ひんしゅく》を買うのを覚悟で、佳雨はわざわざ駆け落ちを思い留《とど》まらせようと場を設けてくれた。そんな相手に、自分は棘《とげ》のある言葉しかぶつけられなかったのだ。いくら追い詰められていたからといって、そんなのは言い訳にならない。

（でも、本当にどうかしていた。自分でも人が違ったみたいだとわかったのに、どうにも感情を堪《こら》えることができなくて。あれは、一体何だったんだろう）

今思い返しても、あの時の心もちを上手く説明はできない。

割れた手鏡を目にした瞬間、半身を失ったように目の前が真っ暗になった。ところが、物の一分もたたないうちに、今度は頭の中の霧がすぅっと晴れていったのだ。それまで蒼悟《そうご》と逃げること以外はまともに考えられなかったのに、いっぺんにいろんな光景が視界に入るようになった。

希里《きさと》の泣き顔、痛みに耐えている佳雨。

畳の上できらきら光っていた、禍々《まがまが》しい欠片《かけら》たち。

（『百目鬼堂《どうめきどう》』の若旦那は、割れていても構わないと仰《おっしゃ》って引き取られたけど。あれ、どうするつもりなんだろう。まさか、直してまた誰かに売ってしまうのかな）

それはないだろうと思うものの、あんな得体の知れない恐ろしい骨董を躊躇《ちゅうちょ》なく預かってしまう久弥《ひさや》が少し怖かった。元は『百目鬼堂』の蔵から盗まれた品だというし、どういった経緯で収集するに至ったのか考えるのも不気味だ。

（若旦那自身には、僕は御恩もあるし、お人柄も嫌いじゃない。何より、佳雨さんの恋しい相手だもの。良い方には違いないと思うんだけど……）

佳雨にぶつけた心ない言葉の中には、もちろん梓本人が気づかなかった本音も混じっていた。佳雨さんはずるい、と口走ったのは、まったくのデタラメではない。敬愛する彼が決めた道だから理解したいとは思うが、やはり逢瀬どころか次にいつ会えるかもわからない相手と恋に堕ちた身としては、どうして意地を張り続けるのか納得はできなかった。

(でも、それと暴言を吐いたのは別だ。僕は、大好きな佳雨さんを傷つけてしまった。佳雨さんは〝許すも許さないもないさ〟と言ってくれたけど……僕の気が済まないや)

それに、と文机《ふづくえ》の上に置いた時計をちらりと見る。

時刻は午前十時。あと三十分もすれば、蒼悟がここへやってくる。

(蒼悟さん……)

そっと、胸に両手を当てて丁寧に名前を呼んでみた。

久弥が渋る嘉一郎を説き伏せて、留学前の最後の挨拶をさせてやってくれと段取りをつけてくれたのは一週間ほど前のことだ。許された時間は十分と短いが、もう顔を見るのは叶わないと諦《あきら》めていたのでそれだけでも充分だった。

(駆け落ちは出来ません、と手紙を若旦那に言付けてもらったけど、とうとう返事はこなかった。もしかしたら、今日だってすっぽかされるかもしれない。一緒には行けないという僕に、蒼悟さんはがっかりしただろうし)

だけど、と怖気《おじけ》づく心を懸命に奮《ふる》い立たせる。

自分へのけじめをつけるためにも、できればきちんと話がしたい。トキの同席が逢瀬の条件なので何の約束もできないだろうが、せめて顔を見て話をすれば想いだって伝わるだろう。

ただ、肝心の蒼悟が本当に訪ねてくるかどうか、それだけが気がかりだ。

淡い期待を抱きながら、それでも消えない不安に梓は溜《た》め息《いき》をついた。


少しは落ち着けよ、と希里が呆れ気味に口を出す。うるさいね、と答えたものの、佳雨は朝からちっとも一所《ひとっところ》におとなしくしていられなかった。

「もう十時だ。夏目様がいらっしゃるまで、あと少ししかない。希里、おまえちょっと大門《おおもん》まで行って様子を見ておいで。もしや、気まずく立ち往生《おうじょう》されているかもしれないし」

「何でだよ。晴れて、梓に会えるんだろ。犬みたいに走ってくんじゃねぇのか」

「だから、おまえは子どもだって言うんだ」

鏡台の前から立ち上がり、用事もないのでまた座って、佳雨は鏡に映る希里を決まり悪そうにねめつける。

「いいかい、一生に一度の覚悟で〝逃げよう〟と迫った相手に袖にされたんだよ。もともと無茶な話だったとはいえ、何も感じないはずがないだろう。どういう顔をして会えばいいのか、わからなくなっても無理はないじゃないか」

「でも、今日を逃したらもう会えないんだろ。夏目ってヴァイオリン弾きは、来月には外国へ行くんだって聞いたぞ。そしたら、もう日本へは帰ってこないって」

「お帰りにはなるだろうが、何年も先には違いないね」

やんわり希里の言葉を訂正し、けれど当てのない年月を待つ身には、いっそ帰ってこないと言われた方がまだ楽かもしれないと思った。それならすっぱり諦めもつくし、いつか新しい恋に出会えないとも限らない。

「……いや、俺も何を血迷っているんだか。苦界《くがい》で恋だなんて、それこそ奇跡のようなものか。俺や梓が愛しい人と心を通わせ、生きる糧《かて》にできていることの方が珍しいんだし」

「え？」

「何でもないよ。俺も、ずいぶん頭がおめでたくなってきたと思ってさ」

笑ってごまかすと、希里は不満げに膨《ふく》れっ面《つら》を見せた。数日前においおい大泣きをした時が嘘のように、相変わらず生意気で可愛げがない。それを言うと本気で怒るので知らん顔をしてやっているが、しばらく『翠雨楼』内でも語り草になるだろう。

「――花魁、ちょいとよろしいでしょうか」

「はい、どうしました？」

障子越しに喜助《きすけ》から声をかけられ、さっと表情を引き締める。今日は昼見世《ひるみせ》に来る客もいないし、呼び出しがかかるのは大抵ろくでもない用事と相場が決まっていた。

「花魁にお会いしたいと……夏目の若様が」

「夏目様が？　でも、あの方は今日は梓と面会が……」

「その前に、どうしてもお話がある仰ってまして。どうしますか。楼主が急用で留守なんで、手前どもには扱いかねる客人でして……」

「……俺に話……？」

喜助が迷うのも無理はなく、蒼悟の父親が『翠雨楼』の上得意、鍋島義重《なべしまよししげ》であることは周知の事実だ。姓こそ別だが認知までされている子爵家の嫡男《ちゃくなん》を、そうそう無下《むげ》には追い返せないのだろう。まして、今日彼が『翠雨楼』を訪れるのは嘉一郎公認の約束事だ。

「俺が行ってきてやる！　そんで、梓の座敷へ引っ張ってってやる！」

焦《じ》れた希里が威勢よく啖呵《たんか》を切り、今にも部屋を飛び出して行きそうになる。佳雨は慌ててそれを引き止めると、仕方がないとばかりに口を開いた。

「どのみち、梓もお待ちかねだ。いいでしょう、こちらへ通してください。何、五分かそこらで終わる話だ。心配には及ばないよ」

「わかりました」

廊下を足早に去る音に耳をそばだて、やがて完全に聞こえなくなった途端、希里が肩越しにこちらを振り向いた。驚いたことに、その顔はニヤリと不敵に笑んでいる。そういうことかと佳雨は苦笑し、細工の美しい煙管《キセル》箱を引き寄せた。

「おまえ、この俺をまんまと乗せたね？　まったく悪知恵の働く子だ」

「へへ。だって、佳雨が会うのを躊躇してたからさ。おまえ、気になんないのか？」

「そりゃあ、梓と会うより先にと言われれば身構えようってもんだ。まして、あちらは手紙一つで駆け落ちを反故《ほご》にされている。納得しかねる、とお腹立ちかもしれないだろう」

「それで、どうして佳雨のところなんだよ？」

「さてね」

大方、梓をそそのかした文句とか、新たに協力を頼めないかとか、そういった用件のどちらかには違いない。だから会うのは気が進まなかったのだが、しかし梓にはこれ以上悲しい想いをさせたくはなかった。

「夏目様の本音を、この際だからお聞きするとしようか。若旦那が会った時は、だいぶ熱くなっていて話にならなかったと言っていたが、いい加減頭も冷えた頃だろう」

「何だか、面倒くせぇ男だな」

「こら、希里。おまえが、でしゃばってどうする」

こまっしゃくれた仕草で腕を組み、わざとしかめ面を作る弟分を窘《たしな》めていると、階段を上がり、こちらへ近づいてくる足音がした。廊下の板が緊張に鳴り、さすがの希里も神妙な様子で隅へ移動する。出て行かせようかと佳雨は迷ったが、そもそも蒼悟の手紙を言付かったのは希里だったことを思い出し、そのまま部屋へ残しておくことにした。

「失礼します、夏目です」

一口、二口煙管をくゆらせていると、ようやく話題の人物がやってくる。佳雨は一旦、灰の上に煙管を置くと、短く息を吸って気持ちを整えた。

「ご無沙汰しております、夏目様」

「佳雨さん、お時間を取っていただきありがとうございます」

梓の水揚《みずあ》げの日以来、久しく聞くことのなかった柔らかな声。

今、穏やかで真《ま》っ直《す》ぐだったその声音に、思い詰めた響きが混じっている。ああ、と佳雨は嘆息し、やはりまだ納得はしていないのだと早々に察した。

「『百目鬼堂』さんにお口添えいただき、客でもないのにこうして花魁にお会いできる。滅多にない機会に恵まれて感謝しています。どうか、よろしくお伝えください」

「でも、俺は数の内にゃ入っていなかったんじゃありませんか。いきなり本題に入るのも無粋ですが、これから梓との約束もおありでしょう。夏目様、ここはお互い腹を割ってお話ししようじゃありませんか」

「佳雨さん……」

勧められた座布団の上で正座し、蒼悟は眼鏡《めがね》の奥で目をぱちぱちと瞬《しばた》かせる。それから、彼は意外にもくすりと笑みを零《こぼ》すと、ゆっくり全身から緊張を解《ほど》いていった。

「懐かしいですね、その口調。僕が貴方の客として登楼した際、『百目鬼堂』さんや梓たちがどういう了見だと心配して座敷へ押しかけて来た。あの時、佳雨さんは凄い剣幕《けんまく》で彼らを追い返しましたよね。覚えていますか？」

「忘れようったって、忘れられませんよ。あん時は、心底呆れましたからね。まったく、若旦那はお育ちのせいか何をやっても嫌みがありませんが、俺の商売の邪魔をするのだけは勘弁願いたいもんです」

「手厳しいな」

遠慮のない口をきく佳雨に、ますます蒼悟が目を丸くする。しかし、和《なご》やかな空気はここまでだった。彼は短く息をつくと、背筋を正して膝の上で拳を握り締める。真摯《しんし》な瞳は変わらず澄んでいたが、そこには断固たる意思の光が宿っていた。

「佳雨さん、僕は梓を連れて逃げたいと思っています」

「…………」

「ご存知のように、間もなく僕は日本を離れます。そうなったら、次はいつあの子と会えるかわかりません。そうして、僕がいない間に梓には次々と辛く苦しい出来事が降りかかるでしょう。それを思うと、僕だけ外国で呑気にしていいのかと正直迷いが生まれます」

「呑気というのは、少し違うんじゃありませんか。夏目様は、音楽留学されると伺っています。言葉もわからない国で楽器一つだけで身をお立てになるのは、それこそが大変なご苦労になるかと思いますが」

できるだけ感情を込めず、突《つ》っ撥《ぱ》ねるような口調で佳雨は答える。実際、それが正解だと思っていた。梓の暮らしが楽でないのは当然だが、そこを比べても意味がない。

座敷の隅で畏まっていた希里が、居心地悪そうにもぞもぞ動いた。会話の不穏な流れに、警戒心を抱いたのかもしれない。大きな騒ぎが続いた後だけに、これ以上新たな問題が起きるのを懸念しているのだろう。

「こんなこと、俺も言いたくはありませんが」

佳雨は凜《りん》と蒼悟を見据え、その目の光に向けて口を開いた。

「どうして、今更そんな世迷言《よまいごと》を仰るのか理解に苦しみますね。夏目様、あんたには梓の水揚げの際によぅくお願いしたはずです。あの子が身体を売って生きていく、その苦界で支えになるものを与えてやってくれと。お忘れですか」

「僕は……ッ」

「言葉で聞くより、現実はひどかった。昔の自分は考えが甘く、まったく覚悟が足らなかった——そう言い訳なさるんですね。いいでしょう。けどね、できもしない約束がどれだけ俺たちを絶望させるか、あんたはそのことをもっと知るべきだ」

「…………」

取りつく島もなく言い放たれ、蒼悟の顔が悔しげに歪む。けれど、佳雨は手加減するつもりはなかった。これで蒼悟が怒りにかられ、全《すべ》てに投げやりな態度を取るのなら、所詮はその程度の器だったのだ。そんな男に、大事な大事な梓は預けられない。

「今、梓は自分の部屋であんたが来るのを待っています。手紙一枚で約束を反故にしたと、ずいぶん気に病んでいるでしょう。そんなあの子に、夏目様はどんな言葉をかけるおつもりだったんです？　まさか、見世の者が見張っている前で梓の立場がまずくなるような真似はなさいませんよね？」

「僕はただ……梓の本当の気持ちを……」

「本当の気持ち？」

ぴくり、と佳雨の右眉が動いた。

蒼悟は芯《しん》の温かな青年だが、真面目《まじめ》なあまり想像力を働かせるということがないようだ。だからこそ、眼前で梓が泣かされる日まで淡い恋心を育てていけたとも言えるが、この期に及んで「本当の気持ち」とは鈍感にも程がある。

「夏目様、こう言っちゃなんですが、あんたはやっぱり一人で外国へお行きなさい」

「佳雨さん……！」

冷ややかな佳雨の一言に、さっと蒼悟が顔を青くした。

「どうして、貴方にそんな指図を受けなきゃならないんですか。僕はこのままじゃ……」

「悪いが、今のあんたじゃ梓の相手は無理だ。いいかい、あんたが最初に抱いた梓と今の彼とはもう別人なんだ。いや、心根はちっとも変わっちゃいません。夏目様への想いだけを頼りに、ずっと自分を守り続けてきただろうからね。けど、やっぱり昔のあの子じゃない」

きっぱりと言い切ると、蒼悟のみならず片隅の希里までが息を呑んだ。

残酷な事実を突き付けられ、嘘だと否定したいが言葉が出てこない……そんなもどかしさを顔に浮かべ、蒼悟がきつく拳に力を込める。

「夏目様、どうぞ俺を鬼でも夜叉でも好きなように罵《ののし》ってくださいな」

かたや欠片も表情を崩さず、迷いなく佳雨が唇を動かした。

「けど、俺も梓は大事な弟分だ。失礼を承知で言わせていただきます」

「………………」

「二人で生きていくと決めたなら、あんたは現実をちゃんと見るべきだ。どこへ逃げたって無駄なんですよ。梓が正気に返って〝一緒には行けない〟と言ったのは、何も足抜けが不可能だという理由だけじゃない。あんたと逃げても、愛され続ける自信がないからです。そのことが、俺にもはっきりわかりました」

「そん……な……そんなことはない！　僕はあの子が好きだ！　大切に想っている！」

「だったら、てめぇの金で迎えに来な！」

一際鮮やかに声を張り上げ、甘い言葉を一蹴《いっしゅう》する。

びくっと蒼悟が固まり、佳雨の気迫に圧倒されたまま黙り込んだ。

「花魁に惚《ほ》れた男にできることは、待つか稼ぐか、二つに一つだ。あんたは梓を自由にしたいと言うが、首尾よく逃げられても後に残された者はどうなる？　借金を抱えた梓の身内は、更なる生き地獄に突入だ。それを、あの子が見過ごしていられると思うのかい？」

「それは……」

「あんたは、自分が辛いから梓を巻き添えにしようとしただけだ。泣いている梓を見たくないのは、無力な自分を思い知らされるからだろう」

「違……っ」

「じゃあ、一度だって誇りも意地も捨てて金を工面《くめん》しようとしなかったのは何故なんだい？鍋島様に頭を下げて、この先一生を子爵家のために捧げますと言えば、あの方の心を動かせたかもしれない。下手をしたら殺されるかもしれない逃避行に誘《いざな》うより、あんたの一生を犠牲にしてあの子を自由にするって考えは浮かばなかったのかい？」

「………」

逃亡用の旅券を用立てるため、いよいよとなれば義重に頼る心づもりはあっただろう。けれど、その前にできることは他にあったはずだ。たとえ二人が結ばれなくても、梓が泣かないで済むようにと蒼悟が願えば道はあった。

けれど、あくまで二人で幸せになろうと思うなら、飛ばせる段取りなどないのだ。そこが揺らいだ瞬間、歯車はどんどん狂っていく。そうして哀れな末路を辿る遊女を、佳雨はたくさん知っていた。

「夏目様、あんたは確かに梓を愛している。それは、俺も信じています。けど、幸せにしたいと芯から思うなら、欠片だってあの子に憂いを与えないでやってくださいな。あんたは、そのために意地を張り通して頑張ってきたんじゃないんですか。鍋島家の力を借りずに、梓を身請けする身分になる……それが、あんたなりの愛し方だったんじゃないんですか」

「僕は……」

「梓はね、あんたを不幸にしたくないんです。だから、一緒には逃げられないと諦めた。どれだけ辛い決心だったか、俺には想像もできないほどだ。『本当の気持ち』なんて生温《なまぬる》いことを言っている男には、勿体なくて指一本触れさせたくありませんね」

何とか語尾が震えないよう努めながら、佳雨は最後までひと息に話す。余計な説教なのは重々承知していたが、どうしても言わずにはいられなかった。

ここで蒼悟が目を覚まさなければ、早晩二人はダメになる。それがわかるだけに、何としても乗り越えてほしかった。

「部外者が知った口を、とさぞお腹立ちでしょう。でも、どうかお願いします」

きりりと居住まいを正し、佳雨は畳に指をつくと深々と頭を下げる。

「あんたは、梓の希望であり続けてください。いえ、お心が梓にある限りでけっこうです。よそを向くなとは、籠《かご》の鳥の身で言えた義理ではありません。でも、夏目様が真っ直ぐ御自分の道を歩いてくださることが、そのまんま梓の糧になります」

「佳雨さん……」

一瞬、面食らったまま言葉を失くし、ついで蒼悟は慌てて自身も身を乗り出す。彼は佳雨の前に両手を突き、「どうか顔を上げてください。どうか」と必死にくり返した。

「貴方のお気持ちは、わかりました。ですから、どうか」

「夏目様……」

「僕には痛い言葉ばかりでしたが、確かに佳雨さんの仰ることはその通りです。梓が実際にどんな日々を送っているのか、その一端を垣間見ただけで僕はおかしくなりそうでした。あの子の苦しみを何もわかっていなかったんだと、後悔ばかりが胸に迫って……。あまりの怒りと悲しみで、本来の願いを……梓と歩いて行きたい未来を見誤っていたんです」

でも、と力強く首を振り、蒼悟は確信に満ちた瞳で見つめ返してくる。

「大丈夫です。僕は、もう揺らぎません。一日も早く梓を迎えに来られるよう、その時は彼が一点の憂いもなく笑ってくれるよう、精一杯頑張ります。あの子は、僕にとっても希望なんです。生きる支えだ。そういう意味では、僕と彼は同等なんです」

「…………」

訴えかける眼差しに、佳雨は蒼悟の真《まこと》を見た。

一度は歪み、翳《かげ》が差したが、闇を経て逞しさと強《したた》かさを得たことがはっきりと窺える。真面目な好青年だがどこか頼りなくもあった蒼悟は消え失せ、目の前にいるのは恐れずに現実と戦う覚悟を決めた一人の男だった。

「おい、あんたら」

ずっと黙って見ていた希里が、そこで初めて口を挟む。子どもの出番じゃないよ、と佳雨が文句を言いかけたら、ぶっきらぼうに文机の置時計を指差された。

「もうすぐ三十分だぞ。梓が待ってるんだろ」

「あ！」

血相を変えて立ち上がり、足が痺れていたのか蒼悟が顔をしかめる。彼は何とか佳雨に愛想笑いを向けると、「それじゃあ、行ってきます」と明るく言った。人の好さそうな笑顔は以前と同じで一瞬前の厳しさはどこへやらと可笑しかったが、両方を兼ね備えてこその蒼悟なのだと、佳雨は改めて好ましく思うのだった。

息を弾ませて、蒼悟が障子をからりと開ける。

約束の時間から三分が過ぎており、もしや来る気はないのかと梓が悲しく覚悟を決めた直後の登場だった。

「ごめん、梓。待たせてしまったね」

乱れる息を懸命に整え、苦しい呼吸の下で彼は微笑む。その途端、梓はくしゃりと表情が緩み、大きな甘い瞳にみるみる雫《しずく》が溜まっていった。

「そ……ごさん、僕こそごめん……なさい。僕は……」

「いいんだ、梓。もういいんだよ。君が謝る必要なんかない。僕が浅はかだったんだ。君の心を乱すような真似をして、本当にごめんよ。許してくれるかい？」

屈んで優しく梓の顔を覗き込み、蒼悟は濡れる睫毛《まつげ》に指先で触れる。しかし、監視役のトキがわざとらしく咳払いをし、それ以上の接近を許さなかった。

「ドイツ、気をつけて行ってきてください。ヴァイオリンの勉強が上手くいくよう、僕も毎日お祈りしておきます。それで……いつか……いつか、また会えたら……」

「梓……」

切なく視線を交えながら、互いの顔をしっかりと記憶へ刻み込む。言いたいことはたくさんあったし、交わしたい約束は数えきれなかった。

けれど、今の二人に許されるのは何の誓いも含まない会話だけだ。接吻ひとつ思い出にすることもできず、互いの体温を覚えていくこともできない。

「梓、僕はドイツから君に想いを届けるよ。待っていてくれるかい？」

「届ける……で、でも手紙はお父さんがもう……」

「大丈夫。僕には文字や言葉より、もっと雄弁な武器がある」

「え……」

　すかさず蒼悟が梓の手を取り、ぎゅっと両手の中に閉じ込めた。それはほんの数秒の出来事だったが、長く端整な指に包まれ、梓は彼が言わんとすることを察する。

「待ってても……いいですか……」

　小さく小さく、尋ねてみた。

　涙を零《こぼ》さずに唇を動かすのが、こんなに難しいとは思わなかった。

「僕、蒼悟さんを待ってても……いいんだよね……？」

「当たり前だ。梓、僕は必ず戻ってくるよ。君が望んでくれる限り、僕の心は君のものだ」

「……うん」

　梓は、短く答えて頷いた。

　どうせ戯言《ざれごと》と聞き流したのか、トキは咎《とが》めてはこなかった。

「時間に遅れたのはね、ちょっと寄り道していたのもあるが、見世の人間に預けておいたこいつを取りに行っていたんだよ。別れる前に、一度君に聴いてもらいたかったんだ」

「それ、ヴァイオリンのケース……」

「そうだよ。僕の相棒だ。恋人のために演奏するのは、正真正銘今日が初めてだよ」

　身を起こした彼は得意げにケースを掲げ、中から愛器のヴァイオリンを取り出す。生まれて初めて実物の楽器を見た梓は、少年らしい好奇心で目を丸くした。

「これから先、世界のどこにいようと僕が奏でる音は全て君に向けたものだ。一日も早く、日本へも届くよう頑張るよ。決して負けないから、安心して待っておいで」

「――はい」

立ち上がってヴァイオリンを構え、優雅に弓を当てる仕草にうっとりと見惚れる。写真でしか見たことのなかった蒼悟が、目の前にいるのが不思議な気分だった。

「聴いてくれ、梓。これが、僕からの恋文だ」

真摯な響きと共に弓が滑らかに動き、流れるような旋律が廓内に広がっていく。

夜の淫靡《いんび》さを引きずり、気だるい空気と退廃の埃《ほこり》の中を、透き通った音色が波のように染み渡っていった。


愛している――そんな呟きが音に乗って聞こえてくる。

逢瀬に残された時間は、あとほんの僅かだ。

恋文の美しい音色に抱かれて、梓は一粒だけ自分に涙を許した。

銀花

物心ついてからすぐ、銀花《ぎんか》は自分の取《と》り柄《え》が顔だと気がついた。

父親は腕のいい大工だったが、現場で事故に遭ってからほとんど寝たきりだった。代わって母親が飲み屋に働きに出たが、こちらは半年もしないうちに仕事先の店主と駆け落ちしてしまい、後には幼い兄弟と父親の治療代で膨《ふく》らんだ借金だけが残った。一家心中寸前まで追い詰められた銀花の家族に、女衒《ぜげん》が男花魁の口利きにきたのは運命と言っていいだろう。

正直、銀花は誘いが来た時に「やった」と思った。上手くいけば、汗水流して働くより多くの金が稼げるのだ。当時、まだ十二歳という年齢にも拘《かかわ》らず、銀花の美貌は住んでいる界隈《わい》ではちょっとした評判を取っていた。

実のところ、他にも誘いの口がないことはなかった。

一つは、浅草に芝居小屋を持つそこそこ大きな一座の座長だ。養子になって、将来は後を継がないかという申し出を受けた。もう一つは、著名な日本画家。住み込みで弟子にならないかと言ってきた。どちらも条件は悪くなかったが、銀花は芝居なぞ興味がなかったし、絵筆を取ったことも一度だってない。要するに、街で見かけた衆道《しゅどう》の気《け》のある男に見初められただけの話だった。

それに、と蕎麦屋《そばや》の温燗《ぬるかん》を喉へ流し込みながら銀花は回想する。

たった一人のスケベジジイを相手に、慰《なぐさ》み者となって何年も暮らすのは御免だ。そういう輩はどうせ次のお気に入りができればあっさり自分を捨てるだろうし、そもそも役者にも画家にもなりたくなんぞない。銀花が目指しているのは昔も今も『金持ち』だが、できるだけ楽をして儲かる商売を見つけたかった。

実家の貧乏はいよいよ後がないまでになり、銀花は父親の反対を押し切って色街へ来た。女衒はあちこちの妓楼《ぎろう》に高くふっかけたらしいが、当時はまだまだ男花魁は色物の域を出ず、思いの外買い叩かれたようだ。それでも一家がしばらくしのげるだけの金にはなり、飢え死にや心中も避けられたが、銀花は内心大いに不満だった。

俺の価値がわからないなんて、色街の楼主はバカばかりだ。

そう口にして憚《はばか》らない怖いもの知らずな性格は、しかし他人を蹴落として手練手管《てれんてくだ》で伸《の》し上がる苦界《くがい》には相応《ふさわ》しかったのかもしれない。銀花は生来の美貌に磨きをかけ、同時に稽古事にも熱心に通った。女の衣装を纏《まと》い、男に抱かれることなど生きる手段に過ぎない。それなら、せいぜい高嶺の花を気取って客から金を搾《しぼ》り取ってやろうと思った。

しかし、ある時を境《さかい》に銀花の鼻っ柱を盛大に挫《くじ》く人物が現れる。

『あの子？　ああ、彼は新造《しんぞ》じゃないよ。雪紅《せっこう》花魁の弟さ』

三月ほど遅れて日舞や三線《さんせん》、謡《うたい》の稽古に来るようになった見慣れぬ少年。そいつが、銀花にはどうにも目障《めざわ》りだった。

『けっ。男花魁になるわけでもないのに、何で稽古なんか通ってきやがんだ。胸糞悪ぃ。売れっ妓《こ》花魁の弟だからって、羽振りの良さでも見せつけてんのかよ』

『まぁ姉は今をときめく雪紅花魁だ、いくらでも楽はできそうだがね。何でも、見世《みせ》で下働きをしているって話だよ。たまに座興で座敷へ呼ばれたりもするそうだから、何か芸ができないとならんのだろう。おまえが気にかける相手じゃないさ』

銀花を買った『瑞風館《みずかぜかん》』の楼主は、そう言ってにべもない。少年の名は雪哉《ゆきや》といい、何だか気取った名前だとまた面白くなかった。自分は新造の突き出しの際、昔の名前を捨てさせられている。銀花なんて安っぽい水商売みたいだと苛々《いらいら》していたところに、雪哉の登場は癇《かん》に障《さわ》ることこの上なかった。

『おまえが気にかける相手じゃない？　冗談じゃないね』

何もわかってない、と憤慨《ふんがい》し、銀花は楼主の部屋を後にする。前髪を不自然なほど伸ばして目を隠し、陰気な素振りを見せているが、雪哉が人形のように整った容姿なのを銀花は見逃さなかったのだ。どうして皆気づかないんだ、と腹立たしく思い、そうやって素顔を偽《いつわ》って周囲の人間を欺《あざむ》いているのかと雪哉が無性に憎らしくなった。

『バカにしやがって。あいつ、きっと俺を見下しているんだ』

同じ年頃の少年が二人、片や手慰みの延長で稽古に通い、もう一方は直《じき》に身体を売るのが商売になる。まるきり明暗の分かれた道を歩むのに、意識するなという方が無理だろう。

『ふん。姉が身体で稼いだ金で稽古だ？　恥知らずめ。あんな奴に、絶対負けるもんか』

そう心に誓い、勝手に雪哉を敵視しながら、銀花は一層どの稽古事にも励んだ。お陰でめきめき上達し、比例して外見もどんどん洗練されていく。日舞や茶道で培《つちか》った所作《しょさ》は、粗雑な性格をごまかすのに大いに役立ってくれた。

ところが。

遅れて稽古を始めたくせに、雪哉は恐ろしいほど呑み込みが早かった。銀花が一週間かけて覚えることを、三日あれば会得《えとく》してしまう。五歳から廓《くるわ》育ちだという話なので、もともと芸事に馴染みも深かったのだろう。生来の勘の良さも手伝って、彼はあっという間に銀花と肩を並べてしまった。

『何なんだよ、あいつは。俺に当てこすってんのか』

稽古場で顔を合わせれば、向こうはぺこりと会釈《えしゃく》をする。愛想《あいそ》はないが、かといって無視するでもなく、ごく普通の態度なのが逆に不愉快だった。要するに、銀花など相手にしていないと言わんばかりなのだ。確かにこちらは男花魁として売り出す予定だし、雪哉から見れば異世界の住人かもしれないが、踊りでも三線でも一番を競っている仲なのだからもう少し他の者とは態度に違いがあってもいいような気がする。

『顔だって、俺は絶対負けてない。あいつは確かに綺麗だが、取り澄ましていて取っ付きが悪いや。客に媚びるなんて、絶対できっこない』

負け惜しみの独り言に、銀花はすぐ虚《むな》しくなる。

雪哉は、他人に媚《こ》びる必要などないからだ。当代随一《ずいいち》と評判の姉女郎に庇護《ひご》されて、ぬくぬく生きていけばいい。男相手に欲情する変態親爺に振りまく愛想なぞ、ハナから持ち合わせていなくて当然だった。

『……くそ。俺は絶対に伸し上がってやる。男たちの慰み者になって、そのまんま身を堕《お》としていくなんて真っ平だ。いつか、必ず俺を組み敷いた連中を見返してやる。それまでの辛抱だ。辛くなんかあるもんか』

挫けそうになるたびに、銀花は何度も胸の中でくり返した。

廓での生活は独特で、特殊な男花魁として同じ遊女仲間からも奇異な目で見られる。楼主の目が届かない場所では、若い衆からもあからさまに嫌がらせをされ続けた。彼らは同じ男でありながら、陰間茶屋《かげまぢゃや》で人目を忍んだ商売をせず、花魁などという特別な扱いを受ける銀花に嫌悪を抱いているらしい。

だが、銀花はへこたれなかった。水揚《みずあ》げが済み、上等な馴染《なじ》み客が何人もつけば、誰も何も言えなくなる。この世界では、稼いでいる者が正義だ。

誰からも文句の出ない、燦然《さんぜん》と花弁をほころばせる仇花《あだばな》になってやろうと思った。

——それなのに。

「くそ、酒がまずくなった。やっぱり、昼間っからあいつの顔なんか見るもんじゃねぇな」

顔をしかめてお猪口《ちょこ》に毒づき、銀花は今しがた帰って行った男のことを考える。人目を惹く艶《つや》やかな装いは、座敷以外でも女の着物を纏《まと》うことで何を主張しているのだろう。似合うからいいものの、お天道様の下で見るには若干居心地の悪さがある。

「自分は美しいと、どうしても世間に認めさせたいのかね。それとも、何ら他人様に恥じる姿じゃないと言いたいのか……どっちにしろ、俺にはついていけねぇよ」

同じ男花魁で、人気も稼ぎも似たり寄ったり。それなのに、彼と自分とは天地ほども全てが違う。生きる姿勢、心のよすが、何もかもが対照的だ。

「佳雨……」

かつて、雪哉と名乗っていた男。

彼がどうして急に男花魁の道を選んだのか、今もって銀花には謎でしかない。雪紅花魁は老舗の呉服問屋に後妻として請け出され、嫁入りの時は瓜二つの弟を伴うものと誰もが思っていた。どこまでも運のいい奴、と苦々しく感じたのでよく覚えている。

それなのに、雪哉は色街に一人で残った。

あまつさえ名前を『佳雨《かう》』と変えて同じ土俵にあがり、男花魁になったのだ。それは少なからず銀花に衝撃を与え、それまでは単に「虫の空かない奴」だったのが、「どこか得体の知れない奴」に評価を変えた。

「おまけに、相変わらず他人事で右往左往してやがる。まったく酔狂《すいきょう》な男だよ」

そう憎まれ口を叩くものの、酔狂と言うなら自分も同じだろう。こうしてわざわざ昼間に彼を呼び出し、自ら進んで情報を教えてやっている。傍から見れば完全なお節介だし、我ながらどういう心境なのかと自身へ真面目《まじめ》に問うてみたかった。

「ごっそさん」

一人でウダウダと席を占領しているのは、到底粋《いき》とは言い難い。支払いは佳雨が済ませていったので、銀花は店主へ声だけかけると蕎麦屋を出ることにした。

夜見世まで時間があるので、どこかで酔いを醒まして帰ろうか。

そんなことをつらつら考えながら外へ出た途端、視界に一人の男が飛び込んでくる。色街には不似合いな育ちの良い雰囲気と、闊達《かったつ》で凛々《りり》しい風情《ふぜい》の若い男だ。目つきが少々鋭いのは、刑事という職業柄身に付いたものだろう。あれがなければ、完全に良いとこのボンボンで通るのにと胸で呟き、さて声をかけたものかどうかと逡巡《しゅんじゅん》する。

しかし、銀花が心を決める前に先方でこちらを見つけてしまった。しかも、顔つきから察するに何やら怒っているようだ。面倒だな、と舌打ちをし、回れ右で無視して見世へ帰ろうとしたが、そうは問屋が卸《おろ》さなかった。

「ちょっと待った」

「う……」

意外なほど、相手の行動は機敏だった。あっと思う間もなく右肩を摑まれ、半ば強引に振り向かされる。すぐ後ろに立って自分を睨みつけているのは、先ほど佳雨との会話でも名前の出た警部補の九条《くじょう》信行《のぶゆき》だった。

「俺の顔を見て逃げるってことは、おまえ後ろ暗いことがあるんだな？」

「何だよ、刑事さん。挨拶もなしに、いきなり失礼だな。大体、色街の人間で刑事が苦手じゃない奴がいるもんかよ。そういうのを、自意識過剰って言うんじゃねぇのか？」

「黙れ。おまえ、先だって俺と会っている時に俺の手帳を盗み読んだだろう？」

「………………」

いきなりズバリと核心を突かれ、柄にもなく狼狽《ろうばい》する。確かに、九条が言うように銀花は彼が個人的な用件を書き留めている手帳を盗み見た。だが、どうしてそれがバレたのかはわからない。上着の内ポケットにしまわれたそれは、取り出す時も戻す時も細心の注意を払ったはずなのだ。

「まったく、油断も隙もない奴だな。ちょっと来い」

「お、おいおい、勘弁してくれよ。俺は、これから夜見世の支度が……」

「うるさい」

一言の元に切り捨て、聞く耳さえ持とうとしない。これは相当おかんむりだと、早々に抵抗は諦《あきら》めることにした。頭に血が上っている輩《やから》を理屈で言い包めようとしても、無駄な努力というものだ。むしろ神経を逆撫でして、余計ややこしくなりかねない。

「えーと……」

猫のように着物の首根っこを摑まれて、無理やり引っ張って行かれたのは街外れの紅天稲《べにてんいな》荷《り》神社だった。小さな境内《けいだい》は昼間でもあまり人がおらず、ひっそりと晩秋の淋しさに空間ごと埋もれている。二人が足を踏み入れるとキジトラの猫が「にゃあ」と鳴き、迷惑そうな様子で素早く逃げていった。

「おまえも、いつもあんな調子だ。今日は捕まえられて良かった」

「よしてくれよ、人を犯人みたいに言うのは」

「犯人？　猫だろう？」

「……まだ人扱いの方がマシだ」

傍若無人《ぼうじゃくぶじん》な物言いにふて腐れ、乱暴に身体を捩《よじ》って相手の手を振り払う。銀花は素早く居住まいを正し、乱れた髪を整えると、不敵な面構えを作って顔を上げた。

「…………」

ニヤリ、と唇の端だけで笑んでみせると、九条は虚《きょ》を突かれたように黙り込んだ。だが、それも数秒の間だけだ。何度となく顔を突き合わせて会話しているうちに、向こうに免疫ができてしまったらしい。色仕掛けが通用しないのはとうの昔にわかっていたので、銀花は今度こそウンザリと溜《た》め息《いき》を漏らした。

「言い訳するなら、聞いてやらなくもない。話してみろ」

「そんなに目くじらたてるなって。大体、見られて困るものを他人の眼前に放ったまま便所へ行く方が抜けてるだろ。九条さん、そういうところがやっぱり坊ちゃん育ちなんだよ」

「おまえ、開き直る気か？」

裕福な実家の話を持ち出されるのは、九条がもっとも嫌うところだ。わざと意地悪な口をきくと、案の定ますます表情が渋くなった。

(でもまぁ……そうやって、黙って苦み走った顔してりゃあ男前なんだけどなぁ)

思わず「惜しい」と心の中で呟き、銀花はまじまじと九条を見つめ返す。

佳雨の間夫《まぶ》、百目鬼久弥《どうめきひさや》と帝大で同窓生だった九条は、上流階級の出にも拘《かかわ》らずどういうわけか卒業後は警察庁へ入庁した。そうして、色街で起きた様々な事件を追う間に情報通の銀花とも顔見知りになり、たまには一緒に飯を食ったりする仲にまでなっている。

もっとも一方的に銀花が九条にたかっていることが多く、手帳の件もつい先だって聞き込みに来た彼に無理やり鰻《うなぎ》を奢《おご》らせた時の出来事だ。背広の上着を脱いで椅子の背にかけていたので、内ポケットに何かが入っているのはすぐ見て取れた。初めは警察手帳かと思い、好奇心で抜き取ったのだが、意に反してそれは九条の個人的な書きつけだった。

「後から、手帳に挟んでおいた切手が一枚無くなっているのに気づいたんだ。だが、その前に手帳を開いた時は確かにあったのを覚えているし、誰かが俺の目を盗んで弄《いじ》ったとしか思えないだろう」

「それで、真っ先に俺を疑ったって？　そりゃ、色街の住人への偏見じゃないかなぁ」

「黙れ。おまえの前でしか、俺は上着を脱いでいないんだよ」

「俺の前でだけ？　ふぅん……」

思わせぶりに反芻《はんすう》すると、調子を狂わされたのか九条が「何だ？」と怪訝《けげん》な顔を向けてくる。そこには、銀花に対する妙な下心や、ましてや娼妓への蔑視《けいし》などは欠片《かけら》も存在していなかった。彼はただ純粋に、口の悪い風変わりな青年として銀花を見ている。

（それもそうか。こいつは、俺の見世での花魁姿を知らないんだっけ）

きっと、自分がこれまで寝てきた男とは、瞳に映るものがまるきり違うんだろう。

銀花はうっかり場違いなことを考え、ハッと我に返るなり気まずく視線を逸らした。

「勝手に覗き見したのは悪かった。けどよ、別に大騒ぎするようなことは何も書いてなかっただろ。せいぜい『百目鬼堂』の盗難とか悪評とか……」

「おまえ、それ誰にも話してないだろうな？」

「…………」

「話したのかっ？」

畳み掛けるように詰め寄られ、何だか面倒臭くなってくる。久弥に関する事柄なら、佳雨はすぐに食いつくだろう。便乗で昼飯でもたかってやれと、情報を口実に呼び出したとは説明し難かった。

「ああ……ったく、もう……」

沈黙から察したのか、九条はがっくりとその場にしゃがみ込んだ。銀花を責めたいが、元はと言えば用心の足らなかった己《おのれ》の落ち度だ。その自覚があるせいか、なかなか次の言葉は彼の口から出てこなかった。

「あの……さ」

仕方なく、銀花の方で口火を切る。まったく、居心地が悪いったらなかった。

「話したのは、佳雨だけだぜ。骨董屋の噂話なんて、俺の客は喜ばないからな」

「そういう問題じゃない。百目鬼が個人的に相談してきたってことは、事を大袈裟《おおげさ》にしたくないからだ。それを、よりによって佳雨花魁にか……彼なら、黙って知らん顔はしていられないだろうなぁ。たおやかな風情《ふぜい》でいながら、一度火がつくと激しいのなんの……」

「……詳しいんだな」

「そりゃあ、何度か危ない場面で一緒だったからな。彼のような青年を恋人にできるとは、百目鬼は我が友ながら天晴《あっぱ》れな男だよ。あの綺麗に澄んだ真っ黒な目で、妙に婀娜《あだ》っぽく見つめられてみろ。何でもかんでも話したくなって、秘密なんか持てやしない。刑事の俺には致命的だよ」

そう言って深々と溜め息をつく姿を、何となく面白くない気分で眺める。

昔から、佳雨のことは気に入らなかった。彼と張りあおうとしても、最初からどこか負けている気がするせいだ。それは、いつ見ても涼しげな顔で一人別の場所を見ているような、佳雨の捕えどころのなさに起因していた。銀花がいくら負けん気を発揮しようと、彼を本気で焦らせたり意識を乱したりすることは叶わない。それが悔しいし、どうしようもなく歯がゆい。

(あいつが取り乱すとしたら、『百目鬼堂』の若旦那に関することだけだしな)

だから、ふと気まぐれを起こしてみた。九条の手帳から入手した情報を、佳雨が知ったらどんな顔をするだろう。折しも弟分の梓《あずさ》の件が騒動になっていて、それでなくても穏やかな心もちではないに違いない。そう思って、禿《かむろ》を使いに出したのだった。

(でも、こいつの言い草は何なんだよ。まるで、自分が佳雨の間夫だったら、とか想像してみたことがあるような口ぶりじゃないか。バカか。何、考えているんだか)

久弥は一見紳士だが、なかなかどうして遊び上手で色街に名を馳せている。遊女を買おうなどと思ったこともない九条とは、人としての種類が全然違っていた。そういう意味では、確かに九条の言葉通り「天晴れな男」と言えよう。

(色街に名だたる裏看板、男花魁をそう簡単に堕とせるわけねぇだろうが)

何故だろう。

自分でも戸惑うほど、銀花は腹が立ってきた。

「おい、九条さん」

ふてぶてしく彼の目の前に自分もしゃがみ込み、目線を合わせて銀花は言った。

「言っとくが、俺は親切心で佳雨に教えたわけじゃねぇからな。あいつが知ったら慌てふためくだろうって、その面《つら》を拝んでやりたかったんだ。誤解すんなよ」

「誤解……」

「何だよ？」

興味深げな視線で繁々と見つめられ、心のどこかで（しまった）と後悔する。進んで言い訳を口にするなんて、まるきり野暮《やぼ》の骨頂《こっちょう》だ。これ以上余計なことを言わないうちにと、銀花は急いで立ち上がろうとした。

——が。

「お、おい」

反射的に左の手首を掴まれ、中途半端に屈んだまま動きが止まる。何してんだ、触るなら金を取るぞと普段なら軽口が出るところだが、どういうわけか唇が動かなかった。

「銀花、おまえ……」

「…………」

九条の目が、ゆっくりと細められる。

品定めされているようなのに、不思議と不快な感じは受けなかった。

「おまえ、けっこう綺麗な顔していたんだな」

「は……？」

「いや、今初めて気がついた。そうか、ただの優男《やさおとこ》かと思っていたが違うんだな」

「て……てめぇ、ふざけてんのかっ」

「そのべらんめぇ口調で佳雨花魁と同じだと言われても、ピンとこないのが普通だろう」

「や……それは……」

どこから反論すればいいものやら、銀花はらしくなく動揺する。佳雨と比べられるなんて屈辱もいいところだったが、怒りよりも何よりも真顔で「綺麗」なんて素人から褒《ほ》められたのは初めてなので、そちらに意識が全て持っていかれてしまった。

駆け引きの言葉遊び。欲望の滲《にじ》んだ視線。

銀花の知る人間は自分を買うか蔑《さげす》むか、その二種類しかいない。

だから、どうしていいかわからなかった。佳雨ならニコリと微笑んで礼を言うだろうが、銀花は相手を利用する時にしか笑顔を見せたことがない。

「……放せよ」

さんざん考えて、それしか言葉が浮かばなかった。自分がどういう顔をしているのか、想像するのも恐ろしい。きっと不自然に強張《こわば》った、醜《みにく》い表情をしているに違いない。美貌だけが取り柄なのに、そんなことになったら身の破滅だ、と思った。

「早く放せって！　金取るぞ、この野郎っ！」

言えた、と心の中で叫んだ瞬間、九条がパッと手を放す。引く力が余って思わずよろけたが、さすがに転ぶような失態は見せずに済んだ。

「おい、大丈夫か？」

「うるせぇな、畜生。俺は帰る。九条さん、あんたも佳雨のためを思うなら、さっさと若旦那の苦境を助けてやるんだな。そうすりゃ、ちっとは見直してくれるかもしれねぇし」

「見直す……？　え、俺、見損なわれていたのか？」

「どうでもいいんだよ、そんなことはっ」

苛々して怒鳴り返すなり、踵《きびす》を返して歩き出した。

おかしい、こんなのは調子が狂う。

止める声にも振り向かず、銀花はずんずんと大股で神社を後にする。いつもなら上手く取り入って九条に一食分奢らせるまで離れないのに、今日は一刻も早く別れたかった。

『おまえ、けっこう綺麗な顔していたんだな』

まだ脳裏に響く九条の声に、今更だろうがと悪態を吐く。金づるにもならない男に褒められて、動揺している己が情けなかった。

「くそ、どいつもこいつも……」

早く帰ろう、と胸の中でくり返す。

自分が自分らしくいられる場所。

情など絡まない、紛《まが》い物の世界へ。

いつの間にか、すっかりそこでしか息ができない身体になってしまった。でも、その事実に気づきさえしなければ充分に背を正して生きていける。

「くそ……」

もっともっと綺麗に着飾って、早く伸し上がってやると銀花は誓いを新たにした。信じられるものは己と金だけだ。他人の褒め言葉は、搾取《さくしゅ》の見返りだと思わなくては安心して受けられない。全てが九条とは違う世界で回り、交じり合うことはないのだと、何度も言い聞かせている間に『瑞風館』の前へ出た。

「お帰りなさいまし、銀花花魁」

いち早く気づいた若い衆が、愛想《あいそ》よく出迎える。昔はさんざん嫌みを言ってきたが、銀花が廓でも一、二を争う金を生むようになってからは態度を変えた。そういうものなのだ。

「ただいま」

一つ息を吐いて、銀花は答えた。

九条の言葉を心から追い出すため、今夜はどんな手管で客から金を搾り取ってやろうかと、それだけを熱心に考えることにした。

あとがき

こんにちは、神奈木です。早いもので仇花シリーズも、五冊目となりました。当初、どれだけ書けるかまったく計算もせずに始めてしまったのですが、こんなに続きが出せたのは応援してくださる読者さまと毎回しっとり美しいイラストを描いてくださる穂波さま、そして筆の遅い私を根気よく指導してくださる担当さまのお陰です。特に、穂波さまには毎回大変お世話になってしまい、本当に有難い気持ちと申し訳なさでいっぱいです。今回も今までと少し雰囲気を変えた表紙が見惚れるほど綺麗で、自キャラということを忘れてうっとりと見入ってしまいました。今後、より一層気持ちを引き締めて素晴らしいイラストに少しでも相応しい小説を目指したいと思います。本当にありがとうございました。

さて、今回で梓と蒼悟の恋に一応の決着がつきました。実は、ラストで一度別れる（もちろん、再会を前提にしてですが）という案もあったのですが、それではあんまり切なすぎるかなぁと考え直し、やっぱり二人にはいつまでも初々しく初恋を胸に互いを想い合っていてほしいと結論を出しました。お陰で、今回の佳雨はすっかり世話焼きお兄さんに（笑）。また『百目鬼堂』と骨董の曰くについては、意表を突かれた方もいるかもしれません。でも、この話のベースはあくまで「花魁と客の恋」ですので、呪術バトルのような話には絶対なりませんのでご安心ください（いや個人的には好きですが）。久弥も普通の人間ですし。ただ、先祖からの逆恨みのとばっちりが佳雨へ行くのは避けられそうもないので、そこで二人の恋にも一番の難関がやってくると思われます。できるだけ早く続きをお届けできるよう私も頑張りますので、どうか気長に待っていてくださいませ。

そして、短編では相変わらず佳雨がカンカン怒ってます。本編でおとなしかった反動でしょうか。本来、私は気の強い彼を書くのが好きなので、次作ではもっと暴れてほしい所存です。暴れん坊花魁でいきたいと思います（いいのか、それで）。また、脇では一番人気（次点は鍋島様）の銀花視点の短編も、何だか書いていたら「あら、こいつけっこう可愛い性格かもしれないわ」と思いました。作者でも、書いてみないとわからない心情ってあるんですよね。銀花も、いつか金より愛せる相手が出てくるといいのですが。

骨董は、いよいよ最後の茶碗となりました。今回、佳雨がちらりと大門を出てからのことを考え出していますが、二人の恋の行方も含めてもうしばらくお付き合いいただけると嬉しいです。のんびりペースで申し訳ありませんが、どうか最後まで佳雨や銀花、希里たち男花魁の運命を見守ってやってください。

ではでは、今回はこんなところで。またの機会にお会いいたしましょう――。

神奈木　智拝

http://blog.40winks-sk.net/（ブログ・商業誌情報など）

久弥が、膝の上で寝息をたてている。もう三十分ほどになるだろうか。登楼し、佳雨の座敷へやってきた彼は相当疲労がたまっていたらしく、「ちょっとだけすまない」と断るなりごろんと膝に頭を乗せてしまった。

それは、まるで日常の断片のようでちょっとだけ佳雨は嬉しくなる。無論、少ない時間を肌を重ねて愛を確かめ合う行為で埋めたい気持ちはあるが、こうして誰にも見せない綻びを久弥がためらいもなく曝け出すのは自分だけなのだ。そう思うと何やら誇らしい。

「若旦那……」

寝顔を見下ろしながら、そっと囁いてみた。甘い菓子が口の中で蕩けるように、自然と笑みが生まれてくる。愛しい男。最初で最後の恋を、まるごと彼に預けている。それなのに、不思議と不安は欠片もなかった。

「……ん……」

囁きが届いたのか、微かに久弥の睫毛が揺れた。だが瞳は閉じたまま、彼は幼子のように佳雨の右手を握っている。指から伝わる温もりは、何にも代え難い宝だった。このひと時のために生まれてきたのだと、喜びがじんわりと胸を熱くする。

左手で、静かに久弥の髪を撫でてみた。

綺麗にまとめた型が崩れないよう、細心の注意を払いながら。

「あんたが好きすぎて、苦しいよ」

不意に文句の一つでも言ってみたくなり、今度は小さく呟いた。もし生まれ変わることがあるのなら、自分は久弥の一部になりたい。二度と離れることのないように、一つの肉体、一つの魂になってしまいたい。そう願うほどに、別れる時はいつも身を切られる思いだ。久弥ももちろんわかっているだろうが、平和な寝顔を見ていたらつい口が滑った。

「どうしてくれるんだよ、俺をこんなにして。意地を張って突っ張らかってなきゃ、本当は一人で立ってるのだって危ういんだ。若旦那、全部あんたのせいだよ」

「それは……ごめん、と謝った方がいいのかな」

「え……」

ドキリ、と胸が鳴り、同時に全身が羞恥に包まれる。久弥は目を閉じたままだが、起きているのは明らかだった。その証拠に口元に微笑が刻まれ、しかもそれが妙にあくどい。

「ひ……人が悪いですね。狸寝入りですか」

「おまえの声が心地好くて、つい起きそびれただけだよ。おまけに、俺に悪態を吐いているとは穏やかじゃないな。そうか、俺のせいで苦労をかけているんだな」

そう言いながら、彼は薄く目を開くと佳雨の右手を弄んだ。手のひらに指先を滑らせ、悪戯に動かされると、くすぐったさと一緒に妖しい感覚に火が灯される。何とか抜こうと努力するものの、到底手に力など入らなかった。とうとう佳雨は観念し、仄かに顔を赤らめながら「堪忍してください……」と音を上げる。口先で強がっても久弥にはお見通しだし、これ以上不埒な悪戯を仕掛けられたら、呑気に膝枕なんて心境ではいられなくなってしまう。

「さて、どうしようかな」

楽しそうに漏らす声は、まるきりガキ大将そのものだった。佳雨の疼きなど、久弥はとっくに気がついている。その証拠に、彼の手は横座りで放り出された佳雨の足へと移り始め、そろそろと着物の上から擦り始めた。

「わ……かだんな、くすぐったいですよ」

「いいだろう、これくらい。俺はおまえの足が好きなんだ」

「ええ、知っています。男の足を撫でて何が楽しいんだか、初めっからあんたは酔狂な客でしたから。でも、あんまりおふざけが過ぎると……」

「うん？」

「俺だって我慢が利かなくなります。こんなに熱くされちゃ、責任はきっちり取っていただかないとね。お疲れの若旦那にゃ気の毒ですが、精根尽き果てるまで抱いてもらうよ？」

そう言って屈み込み、半分微睡んでいる瞳を睨みつける。しばしの沈黙後、先に久弥の方が吹き出した。だが、彼は笑いながら残りの手を伸ばし、佳雨のうなじへ指先をかける。そうしてゆっくり引き寄せると、唇を重ねてしっとり吸い上げた。

柔らかな感触が淫靡な快感を生み、濡れた舌がまぐわうように絡み合う。その間に着物の裾を割って、久弥の指がそろそろと太腿へ上がってきた。佳雨は思わず息を呑み、震える身体を少しずつ甘い刺激に委ね始める。

「若旦那……」

「ずっと一緒だ、佳雨」

僅かに唇を離して、吐息で久弥が誓った。

まるで先刻の願いを聞かれていたようだと、佳雨は苦しさで胸がいっぱいになる。

一つの肉体、一つの魂——それがいつか叶うなら、今生で逢瀬が儘ならなくてもきっと耐えられる。快楽を伴う束の間の繋がりが、先の約束を確かなものにしてくれるから。

「ええ、そうですね。ずっと一緒です」

確かに美しい言葉なのに、嬉しいはずなのに、と佳雨は思った。

まるで、この会話は心中前の恋人同士のようだ。バカな、と良くない考えを急いで振り払い、膝から身を起こした久弥に抱かれてもう一度口を開いた。

「ずっと一緒です、久弥様」

佳雨の不安を打ち消すように、きつく久弥の腕に力が込められた——。

✦初出　橙に仇花は染まる……………書き下ろし
恋文…………………………………書き下ろし
銀花…………………………………書き下ろし
膝枕…………………………………書き下ろし

神奈木智先生、穂波ゆきね先生へのお便り、本作品に関するご意見、ご感想などは
〒151-0051 東京都渋谷区千駄ヶ谷4-9-7
幻冬舎コミックス　ルチル文庫「橙に仇花は染まる」係まで。

幻冬舎ルチル文庫

橙に仇花は染まる

2012年3月20日　第1刷発行

✦著者　神奈木 智　かんなぎ さとる

✦発行人　伊藤嘉彦

✦発行元　株式会社 幻冬舎コミックス
〒151-0051 東京都渋谷区千駄ヶ谷4-9-7
電話 03(5411)6432［編集］

✦発売元　株式会社 幻冬舎
〒151-0051 東京都渋谷区千駄ヶ谷4-9-7
電話 03(5411)6222［営業］
振替 00120-8-767643

✦印刷・製本所　中央精版印刷株式会社

✦検印廃止

ISBN978-4-344-82483-6　C0193　Printed in Japan

『ハークラッシュ』
神奈木 智
代議士狙撃犯の陰謀を阻止したことで逆恨みの脅迫を受け、休職を余儀なくされたボディガード・如月花。相棒で恋人のユンとの蜜月を楽しむ暇もなく、復職するため自身を囮に狙撃犯をおびき出すことに。一方、自分の代理におさまったアーネストが、ユンと反目しつつも確かなコンビネーションを発揮していることに、花は心穏やかでなくて……？
イラスト
麻々原絵里依
560円（本体価格533円）

「幻冬舎ルチル文庫」

大好評発売中

発行●幻冬舎コミックス　発売●幻冬舎